飛鞋

李明珊——著　劉彤渲——圖

名家推薦

李偉文（少兒文學名家）：

「我不能期待每天都是晴天，我得學會在風中唱歌，在雨裡跳舞。」這是書中主角柳光典在歷經飛鞋事件後的體會。

故事開始於一隻飛上天空、然後卡在樹梢的球鞋，然後在作弄、報復、嫉妒、競爭與合作……種種青少年成長必須面對的課題後，他從布農族傳說故事中學到，沒有什麼事是過不去的，受過傷的太陽，傷口一旦被撫平，也會變成明淨的月亮。

全書更令人驚豔的是，每個章節開頭都描述了一種昆蟲或生物，從這個生命的樣貌印證了我們自己生活中的種種遭遇。

很精彩且引人深思的故事。

馮季眉（字畝文化社長兼總編輯）：

這篇故事是本屆作品中的傑作，結構完整且富巧思，文字輕盈精巧，偶有神來之筆、時見幽默機趣，饒富閱讀趣味。

作者沒有選擇巨大的命題，卻選擇了每個孩子腳上都有的鞋作為主題，十分有趣且展現了與眾不同的創意。而一隻球鞋，竟能夠延展出親子對抗、同儕矛盾等各種問題，這些問題又都環繞著「成長」的主旋律，十分自然的切中兒童成長期的身心特質。

由於主角是個喜愛昆蟲的男孩，因此全篇十八小章，每小章開頭都提到一種昆蟲；而該章主旋律及寓意，則與這種昆蟲的天賦特性，相互呼應扣合。是相當巧妙的安排。

文字掌握度很好，對話與敘事之間蘊藏小小機鋒與機趣，讓閱讀過程時有驚喜。生活類型故事，最易流於瑣屑、平庸、公式化，《飛鞋》卻作出不同層次的演示，讓「小題」可以成為「大作」，讓生活故事的文字也能展現一定的趣味與美感。

游珮芸（台東大學兒童文學研究所所長）：

俱備了典型少年小說的所有元素：以校園及家庭為場景，主角人物的成長紀事為故事主軸，揉進了霸凌、親子教養、新住民等議題，再佐以原住民與自然相處的智慧……。

然而，作者卻能以這些看似「平常不過」的素材，經營出清新流暢的情節，創造鮮活立體的人物，並以第一人稱敘事，打造小說通篇幽默風趣的質感。作者將主角柳光典喜愛、且熟悉昆蟲及小動物知識的設定，發揮到極致；靈巧細緻的將這些知識，融入情節之中，功力高深，令人佩服。

目錄

1

我的鞋子飛了

蛞蝓：是蝸牛的近親，行走時會分泌大量的黏液，又稱為「無殼蝸牛」。

嗨！大家好！我的名字叫柳光典（這個名字聽起來有點像古早人的名字，至於媽媽為什麼給我取這個名字，以後有空再說）。我身材瘦瘦的，皮膚黑黑的，鼻子挺挺的，有著兩道濃濃粗粗的眉毛。還有，我的雙腳特別的長，有著一雙特別大的腳丫。媽媽說腳丫生得大，走路比較穩當，但事實正好相反，同學們說大腳丫的我，走起路來很像一搖一擺的企鵝，我一點也不喜歡我的大腳丫。

英文老師說我看起來總是「跳跳的」，我的思考很「跳」，好比袋鼠，一秒就可以跳九公尺的距離。但是我寫作業的速度可慢了，好像蝸牛一樣慢，你們知道蝸牛有多慢嗎？蝸牛每小時只能爬大約零點六公尺。

聽我這樣說，你或許會覺得我自然知識滿豐富的，老實說，我在這方面真的還不賴。自從小學二年級開始，就有人稱呼我為「小五郎」。「小五郎」可不是《名偵探柯南》裡那個嘴利心腸軟的「毛利小五郎」，而是《二年一班昆蟲教室——小五郎抓蟲記》裡那個喜愛昆蟲的「倉田五郎」。自從上了小學，只要下課鐘一響，我就馬上衝出去觀察校園裡「小朋友」的一舉一動。對我來說，校園裡的那些小昆蟲們是校園裡最小的朋友，我喜歡親近他們，把他們視為我的好朋友。

不過，人很奇怪，隨著年紀的增長，很多事情都會改變。像我二年級的綽號叫「小五郎」，到了六年級卻變成「點仔」（因為我的額頭上平白無故冒出了一點一點的青春痘）。還有，我已經小學六年級了，我不再一個人找「小朋友」玩了，我會找「大朋友」們一起說說笑，或是一起打打球。偶爾，我也會想念我的那些「小朋友」，當我想念他們時，就會吆喝一群班上的「大朋友」一起去看看他們。

故事，通常都是發生在我跟大朋友一起玩的時候。

那一天下課時，我和我的好朋友彭亞葳一起擲飛盤。彭亞葳是本班的體育股長，也是老師的好幫手。他的體能其實沒比我好多少，只是他看起來比較穩重，喊口令、做體操也都是四平八穩的，不會像我一樣「跳跳」的。

話說回來，那一天，彭亞葳下課終於沒有「任務纏身」了，他很爽快的答應我到司令台旁的空地上擲飛盤。一開始，我們「相敬如賓」，我乖乖的遵照曹老師教我們的丟飛盤技法「正手投」：先左腳往前，側立面對目標，抓盤後，臂肘漸往肩後移，接著利用手腕的力量揮出飛盤。

而彭亞葳也乖乖的用「低手接」：以拇指在上、餘指在下的方式，接住了我的低行飛盤。就這樣你來我往幾回之後，我們倆發現彼此都能輕而易舉的接住對方的飛盤。

「彭彭，看招！」我想來個不一樣的特技：「跳盤」，好讓他接不住，以顯示我的厲害。於是我順時針旋轉飛盤好幾圈，讓盤子的左邊觸地，再讓它彈飛起來，「咻——」一聲，飛盤一下子跳到了彭亞葳的眼前，沒想到他也倏地跳了起來，用「高手接」接住了我的跳盤，沒兩三秒工夫，回敬了我一個「反手上漂盤」。

「哼！來這招！」我也不甘示弱的跳起來接住盤子，使出了我平時偷偷練就的獨門絕技：「倒盤」。我將盤子舉高，盤底朝上投擲，飛盤搖搖晃晃飛出了S型航線，原本以為它會聽話的往對面飛去，沒想到，它卻像個漫遊星際的飛碟，找不到可以登陸的星球，一路飛向司令台右邊那棵高壯的老榕樹……。

糟了！飛盤卡在老榕樹的枝葉上了！這下子任憑我如何跳，也搆不著那個高高在上的飛盤。平時一向沉著冷靜的彭亞葳，這下子也亂了陣腳，因為那可是我們的班導王老師提供給我們六年三班的「班盤」啊！

我情急之下，不，應該說是「急中生智」，或許在我的潛意識中一直想要成為眾人讚揚的小小司馬光。我本能的脫下了左腳的大球鞋，往樹上的飛盤丟去。

賓果！不出我所料，鞋子順利朝目標飛去，飛盤果然「咚！」的一聲落地。正在我得意洋洋之際，彭亞葳喊了一聲：「你的鞋！」我抬頭一望，發現我的鞋子卡在高高的樹上下不來了！

當我想把右腳的鞋脫下來，試圖再丟一次時，彭亞葳制止了我說：「點仔，別衝動，待會連你的另一隻鞋也『飛』了！我們去找學務處的老師幫忙。」

一進去學務處，彭亞葳把事情的來龍去脈說給人稱大象老師的體育組長聽，大象老師到了

老榕樹下，抬頭往上一看，搖了搖頭說：「這鞋子飛得太高了，要想拿回這鞋子，難如上青天啊！」

當我穿著一隻鞋走回教室時，被眼尖的廖承先發現，他詢問彭亞葳是怎麼一回事，向來誠實的彭亞葳便一五一十的告訴他了。廖承先馬上招呼宋其諒一群人到「案發現場」去察看，當他們目睹我那一隻鞋高掛在樹上時，哈哈大笑起來。

「柳光典，你乾脆學猴子爬到樹上去撿好了，看你平常就一副『猴急』樣！」宋其諒語帶諷刺的說。

「你豬頭啊！」我不客氣的嗆回去。

不過，說實話，我還真想爬上去撿鞋子，但是我不會爬樹，學校也禁止爬樹。

這下可好了，彭亞葳撿回「班盤」回去對班導交代，而我撿不回我的鞋子，要如何跟我的媽媽交代？失去了一隻鞋子，我覺得自己就像一隻沒有殼的蛞蝓，赤裸裸又黏答答的，只怕接下來要走的路更遠更長了。

2

我和我的名字

糞金龜：糞金龜靠著把糞便推成大球來養活自己和後代，但是這低下的工作不代表這些卑微的蟲兒不會仰望天空——即使太陽已經西下。

丟了鞋，彷彿做了一場惡夢，而這場惡夢不知何時才能醒過來。首先，我最怕過不了我媽媽這一關，我已經開始想像她的激烈反應了：「每天不是丟這個，就是掉那個，你再少根筋，將來長大出了社會怎麼辦？恐怕要掉腦袋了！」

我曾經聽到我那「酸的饅頭」（sentimental，也可翻譯為多愁善感）的媽媽，打電話給我們班導發牢騷：「王老師，對不起，小典又給你添麻煩了。這孩子跟我的個性完全相反，實在難管教，打從他上小學一年級，我就想把他丟出去了！」

我知道媽媽喜歡我又討厭我，每次我闖禍時她總是代我向同學及老師道歉，然後劈哩啪啦痛罰我一頓。處罰完畢後，我總是跟她保證我下次不會再犯一樣的錯，但是沒過多久，我又會因為某種「本能反應」而把事情搞砸，就像這次的丟鞋事件一樣。不過還好我丟的是自己的鞋，要是丟到了別人的鞋，那這下更慘了！

好吧！現在就來說一說關於我名字的故事。

自從媽媽和老爸結婚後，就一直很想要一個小孩，但是遲遲都沒有懷孕。就在媽媽一度絕望，想去領養一個小孩時，才發現自己懷孕了，那年媽媽已經四十歲了。媽媽滿心歡喜期待我的到來，她認為孩子是上天賜給她的恩典，是她用寶貴的光陰換來的恩典，所以將我取名為「光典」。媽媽還曾經對我說：「『光』有光榮之意，『典』有典範之意，你看，我把你的名字取得多好哇！」

不過隨著日子一天一天過去，媽媽逐漸發現我的名字是她的得意之作，但是「我」卻未必是她的得意之作，因為我的所作所為和她所期待的總有那麼一段落差。我實在不明白要怎樣才能變得「光榮」，也不明白要如何做才能成為「典範」。我只能對我媽媽說：「媽，是妳名字取得太抽象了啦！」像坐在我隔壁的林以恆同學，他爸爸就常告訴他：「做事不能虎頭蛇尾，要持之以恆」，這不是既簡單又明瞭嗎？

不過，「比上不足、比下有餘」，像我低年級有個同班同學，名字叫做「林肯」，他才真的是「任重道遠」呢！被取這種名字，解放自己都來不及了，哪有閒工夫解放什麼黑奴？有一個同學叫做「吳偉雄」，他更糗，「偉大的英雄」只是人人口中的一隻無尾熊。

我倒是比較羨慕一些有著「菜市場」名的同學，像家豪、志明、淑芬、怡君等等之類的，雖然不起眼，躲在廣大人群之中卻沒有什麼壓力，只要自己活得快樂就好。我也欣賞那些給自己小孩取名為罔市、罔腰（隨便養養之意）的老人家，或許他們是因為重男輕女才這樣取的，不過我記得外公說過：「一枝草，一點露」，每個孩子都帶著自己的福分下來，做大人的還是隨緣一些，比較自在。

說到這兒，我才發現我跟我媽媽的想法還真的不太一樣呢！媽媽不知道什麼時候開始相信星座、血型那一套。她說她是A型處女座，我是O型射手座，個性一個天差，一個地遠。她還說，射手座與處女座是相差一百二十度的星座，間距一百二十度的星座很奇妙，容易相知相惜，但也容易產生摩擦。這麼說來，我與媽媽天生註定相生相剋？那會不會太辛苦一點？

不過，我一向認為很多事都沒什麼大不了，何必多事給自己戴上「分類帽」？當某某人對我說：「對嘛！對嘛！射手座的你就是那副死樣子！」我真想衝上前去，指著他的腦袋瓜大罵一聲：「你秀逗啊！」

我最討厭《哈利波特》裡面的「分類帽」，他一出場就唱的那首歌，顯示他多麼的自以為是：「你們也許覺得我不算漂亮，但千萬不要以貌取人，如果你們能找到比我更漂亮的帽子，我可以把自己吃掉！」一開始，他就想把哈利波特分到邪惡的史萊哲林隊，要不是哈利波特堅決反對，後果真是不堪設想。

我不喜歡被分類，在我的衣櫥裡絕對不要有這種自大的帽子，半頂都不要。分類帽，好啊，你最好把自己吃掉！

媽媽，其實我很想告訴妳，我並不是什麼射手座，我只是妳唯一的孩子；妳也不是什麼處女座，在我心中，妳就是我唯一的媽媽。

畢竟這世界有太多的射手座，也有太多的處女座，如果有一天我丟掉了星座，我相信妳還是會在人群中認出我來的，不是嗎？

我喜歡像「糞金龜」這類的名字，因為它很直接了當的就告訴你：「是啊！我就是要吃糞才能長大，又怎樣？」很酷！

還有，我也很欣賞糞金龜，即使在沒有月亮的夜晚，許多糞金龜仍然能夠直線前進。他們靠的是什麼？他們會仰望天空，依著天上銀河的光帶，找到方向，他們原來是一群會追隨星星的「小朋友」。

跟糞金龜相比，我確實有些「脫線」，不過，媽媽，相信我，我不會偏離軌道太遠的。

3

那些令我快樂的事

竹節蟲：體型纖細的竹節蟲是偽裝高手，平時擬態成樹枝，當風吹來時，會隨風左右搖擺自己的身體，風吹得越大，他的搖擺幅度也越大。

不過，凡事嚴謹的媽媽，是不會輕易相信我的。在我們家，最有資格成為名偵探的人就是她，她總是想辦法挖掘出事情的真相。

當我穿老師的鞋回家時，她氣呼呼的對我說：「你穿的是誰的鞋？又發生什麼事了？」

媽媽看我一副吞吞吐吐的樣子，馬上打電話給我們班導，「哦！原來是這樣啊……這孩子太衝動了！我記得他還曾經做過『追蜜蜂』的蠢事，差點被叮得滿頭包。我會嚴加管教，以免他再重蹈覆轍，謝謝老師，老師辛苦了……」媽媽長久以來都是學校老師最堅強的「盟友」，王老師肯定隻字不漏的告訴她事情的來龍去脈。

那天我丟了鞋之後，王老師陪我到老榕樹那兒去勘察了一下，他認定我那隻高高在上的鞋再也追不回來了。他無奈的看著我一隻光腳丫，搖了搖頭對我語重心長的說：「柳光典，凡事切記：『三思而後行』啊！」看著老師的眼神，我覺得他滿同情我的遭遇，他不但沒罰我，還說：

「你穿一隻鞋回去，萬一踩到釘子，腳會受傷。這樣吧，我這裡有一雙便鞋，先借你穿回去，明天再拿回來還我就好了。」

「謝謝老師。」阿彌陀佛，我的老師真是菩薩心腸啊！我充滿感激的自老師的雙手接過了那雙大大的米黃色休閒鞋，打包起那隻僅存的天藍色球鞋，就一路喀達喀達的走回家去了。

「你知道我為了買那雙球鞋當你的生日禮物，花了多少錢，花了多少心思嗎？那雙大尺碼的鞋可不好買，況且它也舊了，就讓那一隻鞋永遠待在樹上好了，我不會再給你買鞋了！」當媽媽知道事情的真相，又變成一隻噴火龍了。

「媽，拜託，我是不小心的，我沒想到事情會變成這樣。」

「『不小心』不是藉口，『沒想到』更不是藉口！你忘了嗎？你五年級曾經在樓梯間衝撞到同學，害他摔了一跤，受傷了，我還帶你到醫院去道歉，慰問那位同學。那時，你也是跟我說你是不小心的！」

「從明天起，你就穿一隻鞋上學去吧！另外，加罰你一個星期不能聽音樂！」說到這裡，媽媽已經氣到發抖了。

我看媽媽是吃了秤砣鐵了心，我看我這次只能靠自力救濟了。不過，被罰不能聽音樂對我來說還真是一大酷刑。

我沒有個人電腦，更沒有手機，平常也很少看電視。因為媽媽說３Ｃ產品是萬惡的淵藪，尤其是網路這玩意，更教人迷失和沉淪，無法自拔，她希望我能在單純的環境中長大。

我的房間是我的小天地，我常常刻意不收拾桌面上的東西，馬克杯在右邊，杯墊卻在我的左前方，鉛筆在課本上斜躺著，橡皮擦卻被壓在作業簿下方。媽媽三不五時的要我收拾，她說她努力維持家中的清潔舒適，來訪的客人總是讚譽有加，絕不能讓我的那一塊小小角落，毀了她的一世英名。

我的書牆裡「上至天文，下至地理」擺滿了各式各樣的書籍，我閒來沒事就會在這裡「尋寶」。還記得我剛學會認字，看的第一本書叫做《地球的生物》，裡面提到最原始的生命生成於海洋……，而三葉蟲是最早出現的節肢動物，也是在寒武紀出現最具代表性的遠古動物。那隻出現在書裡的三葉蟲，至今仍深深烙印在我腦海裡，我感覺自己的生命與牠有某種微妙的連結。除了知識性的書籍外，書牆上還有一套「經典名著」，其中《昆蟲記》、《三國演義》、《湯姆歷險記》、《基度山恩仇記》，我看了好幾遍也不厭倦。不過，最近我迷上了《哈利波特》與《遜咖日記》。

我的床頭邊，擺了一個CD櫃，櫃上擺了一台直立式音響。CD櫃裡有很多媽媽幫我買的CD，裡頭有世界各國的音樂。其中有一套叫做「世界三十六大音樂家」，是柏林愛樂交響樂團所演奏的，媽媽說這是世界有名的交響樂團，演奏出來的樂章肯定「不同凡響」。有時候，我會一邊聽著古典樂，一邊想像自己是偉大的指揮家卡拉揚，閉起眼睛舞動我的雙臂，讓所有的樂器在我的「指點」下依序發聲，這種感覺很奇妙，彷彿自己就是一個點石成金的神人，每一個手勢，都能點化出一個個會飛的音符。聽到精彩之處，我還會跟著節奏跳起舞來，我愛死了節奏這玩意兒。

有時，我也會躺在床上聽音樂，覺得自己像是優游在大海裡。在藍藍的水裡，曲調像光線一樣折射行進。哈！別小看我，我就是一隻在其中穿梭自如的大魟魚，可不是被養在魚缸裡那隻可憐的小金魚。當我聽得渾然忘我時，還會張開嘴伊伊呀呀的哼著，我特別愛飆高音，媽媽說當我飆出海豚音時，可以從我們家的三樓一路上飆升到姨媽家的八樓。

還有，我也喜歡玩模型戰棋，我會把自己的模型組成一支支的部隊，自己扮演起叱吒風雲的將軍，模擬一場古代的戰爭。有時候，我會約彭亞葳來我家對戰，他會帶來自己收藏的精美微縮模型，我們在戰場上擺設各種地形，彼此部署部隊，想像自己是三國裡的人物，思考著各種戰術，好不過癮！

玩樂高積木也是我的嗜好之一，我用一個個可愛的「小磚頭」堆砌我的夢想，不過我總覺得手上的積木少了幾塊，所以我組的酷斯拉常常缺了一角。

除了看書、聽音樂、玩模型戰棋、樂高積木，能令我快樂的事很多，尤其是當我走出戶外的時候。我會在午餐時間把梨子啃得一乾二淨，偷偷的將種子埋在操場旁的花圃裡；在樹下找到掉落的刀豆，撥開豆莢在魔豆上刻字；在公園的菊花叢裡抓到一隻吸食花蜜，會放屁的椿象……。

我的座右銘很簡單，就四個字：「快樂萬歲！」

但是，我的這些快樂同學們好像不能理解。最近的下課時間，很少人和我一起出去戶外活動，也很少人聽我說笑話了，總是有一群男生圍在教室裡聊天。

「你玩到第幾關了？」這句話已經變成廖承先的口頭禪了。

「第七關！厲害吧！」陳一緯常炫耀他的「豐功偉業」。

「那有什麼厲害，我還拿到寶物了，而且我的寶物快要進化了。」林以恆的「恆心」，都用在打電玩遊戲上了。

「什麼進化？我都已經變身成功了！」這其中的「武林盟主」好像是宋其諒。

彭亞葳偶爾也會加入他們的「戰局」。他很少玩電玩遊戲，他媽媽有限制他，只能在假日時候玩，而且一次不能超過半小時。

他說像我這種完全不碰電玩的人，根本是稀有的活化石。

老實說，我不是沒有動心過，也曾經央求媽媽讓我試玩一下。但媽媽堅決不肯，我只好作罷。我不是真的那麼想玩，只是想融入那群男生的圈圈，以免跟大家格格不入。因為朋友相處時總要有共通的話題，若他們聊的你不懂，你自然而然就被排除在外了，我最近常有這種感覺。

彭亞葳還跟我說，陳一緯家最近還買了一台VR，可以進入三百六十度的世界，他戴著VR潛入海底世界，還碰到一隻殺人鯨呢！聽彭亞葳的口氣，好像還滿羨慕他的，他感嘆他家只有一台傻傻的單眼相機。

說了這麼多，言歸正傳，現在我必須回到我所面對的現實問題：我如何穿著一隻鞋上學？我可不想被視為一個「遜咖」。

我好羨慕竹節蟲這個偽裝高手，他能把自己的顏色變成跟週遭環境一樣，所以他從來不會格格不入，也不會讓敵人發現他的存在。羨慕歸羨慕，我「柳光典」就是學不會偽裝，我沒有那種天賦。或許上帝刻意把不同的天賦存放在在不同生物的體內，讓大家各顯神通，而我，應該不需要這種天賦吧？

4

變了模樣

變形蟲：是一種單細胞生物，屬原生動物，主要生活在清水池塘，或在水流緩慢藻類較多的淺水中，沒有固定的外形，可以任意改變體形。

我現在需要的只是另一隻球鞋。原本高掛在樹上那一隻鞋，除了請消防隊出動幫忙，我想別無他法，但我並不想如此大費周章。

我原本有三雙鞋：球鞋、涼鞋和皮鞋。我最喜歡穿的是球鞋，它讓我感覺到自己像一隻野生的小馬，奔跑跳躍皆自如；我最討厭穿的是皮鞋，它讓我感覺到自己的腳趾頭像被包覆住的蠶繭，彆扭得不得了。至於涼鞋嘛，穿起來真的很「涼」，也還不賴。

既然媽媽要我穿一隻鞋去上學，我乾脆一腳穿藍色的球鞋，一腳穿棕色的涼鞋好了。我這個人沒什麼特別的優點，就是特別樂觀。我常想，這世上的好運與壞運，就像白貓與黑貓輪流在你身邊出沒，最後都會漸漸消失。不同的兩隻鞋，就像一隻黑貓與一隻白貓，沒什麼大不了。貓不分黑與白，只要能抓老鼠都是好貓，鞋子也一樣，只要能穿，就是好鞋，不是嗎？

穿兩隻不同的鞋走路，不也挺有趣？在《湯姆歷險記》裡面，湯姆不也把看起來像苦差事的刷油漆工作，變成了一項「誰都別想跟我搶」的好玩遊戲？

隔天一早，為了配合我的新造型，我右腳穿上了藍色的襪子，左腳穿上了棕色的襪子，分別穿上了球鞋與涼鞋，我不斷的進行自我催眠，對自己說：「柳光典，你好酷，柳光典，你好酷……」

催眠進行到一半，正要去上班的老爸，看到我穿成這樣，忍不住開口對我說：「穿這樣不成體統，我幫你買一雙新鞋好了！」短短的一句話，把我從催眠狀態拉回到殘酷的現實世界。

「不行！不能買新鞋。你這樣只會把他給寵壞。你沒聽過：『寵豬舉灶，寵子不孝。』這句話嗎？」

媽媽用她銳利的眼神，從老爸背後「掃射」過來。

「沒聽過。」老爸回過頭去對媽媽搖了搖頭，看來他是真的沒有聽過。但老爸難以違背媽媽下的「聖旨」，只好無奈的

拍了拍我的肩膀，意味深長的看了我一眼，上班去了。媽媽看了看我腳上怪異的「一雙」鞋子，嘆了口氣，卻裝作視而不見。她把頭抬得高高的，鄭重對我下了一道命令：「你制服襯衫的第一個鈕子沒扣，扣起來！」我心不甘情不願的扣了上去。

但我一走出家門，便悄悄的把第一個鈕子解開了。走在上學的路上，我發現右腳重了一些，左腳輕了一些，右腳低了一些，左腳高了一些。或許是因為不習慣的關係，我變成了長短腳，走路顛簸了起來。有一對母子迎面走了過來，小孩對著媽媽說：「媽媽，你看哥哥穿的鞋，好奇怪哦！」被他這麼一說，我僅存的一點意氣頓時灰飛煙滅，覺得自己活像童話裡光著身子、走在大街上的笨蛋國王，恨不得馬上騎上哈利波特的飛天掃帚，飛進另一個光年。

一到教室門口，我以極快的速度找到我的位置，就怕被同學發現。過了一個安靜的早自習，接下來是打掃時間了，我是負責打掃廁所的，這下子逃不掉了。當我以飛快的速度跑到廁所，組長廖承先一看到我穿的鞋，不禁捧腹大笑。他趕忙招呼其他掃廁所的同學一起來看，大家手裡拿著掃地工具，個個笑彎了腰。

「這有什麼好大驚小怪的，這是本人刻意營造的創意。」反正這事遲早都要面對，我挺起胸膛，假裝一副若無其事，開始掰了起來：「在我們日常生活中，本來就有許許多多不對稱的事物，只是大家沒有發現而已。其實我們左右兩邊的臉本來就有一些不對稱，有誰可以保證你們兩邊的臉頰是一模一樣的嗎？」

「對啊！我媽媽說我生出來的時候，右眼明顯的比左眼大。」彭亞葳在一旁幫腔，使我更加確認他跟我是同一國的。

「誰說對稱一定是美，不對稱一定不美？那只是我們的習慣而已。」

我故意提高了聲調。

「胡說八道！那為什麼昆蟲的左右兩邊都是對稱的，右邊三隻腳，左邊三隻腳，你有看過『三長兩短』的昆蟲嗎？你不是昆蟲小博士嗎？你倒是說說看啊！」宋其諒頭腦連線的速度超快，難怪同學都說他是「4G吃到飽」。

「搞不好真有『三長兩短』的昆蟲，我回去查我家的那套百科全書。」我不甘示弱的說。

「現在是什麼時代了？問問『辜狗大神』就好了，哪需要什麼百科全書？」廖承先說。

就這樣大家你一言我一語的開始辯論有關「對稱」與「不對稱」的事，在一片唇槍舌戰之中，宋其諒不知是有心還是無意，將他腳邊裝滿水的水桶朝我這邊踢了過來。

「嘩啦！」一聲，水桶裡的水像水漫金山寺的淹過了我的腳踝，這下子我的兩隻鞋都濕透了。

我也不是好惹的，我用吸飽水的左腳用力的往宋其諒的右腳一踩，踩得他痛得哇哇大叫。廖承先見狀，趕忙去報告王老師，明察秋毫的王老師，認為我和宋其諒兩個都有錯，罰我們到教室後面罰站。

我脫下溼答答的鞋子與襪子，光著腳丫站在教室後面罰站。當我赤裸的皮膚觸碰到光滑的磨石子地板時，有一種清涼的感覺竄入我全身，彷彿體內有某種東西被釋放了，像是赤腳踩過溪流中的岩石……，真是妙不可言。我突然有一種想要光著腳丫來個花式溜冰，甚至在地板上滑壘的衝動。

我偷偷的用濕濕的腳尖在地板上寫字，想像自己是書法大家柳公權，寫出如細竹般秀挺的字體。看著我扭來扭去的雙腳，在一旁的宋其諒對我喊道：「腳丫大，大到發癢啊！扭什麼扭，你變形蟲哦！」
「你才是阿米巴蟲哩！你以為每個人都像你一樣，是沒大腦的單細胞生物嗎？」我認為對付宋其諒這種自以為是的人，就該以牙還牙、以眼還眼。
變形蟲又叫阿米巴蟲，有些非常微小，有些很大，牠們可以改變外型。在我心底還真認為宋其諒是隻變形蟲。其實，我曾經跟他是滿要好的朋友。我欣賞他的機智風趣，他欣賞我的博學多聞，我們在一起總有聊不完的話題。只是不知道為什麼，上學期他有意疏遠我，下課不再和我出去尋找「小朋友」。我曾經私底下問他原因，他卻什麼都不說，只對我露出一副「我就是不爽」的嘴臉。
哼！變形蟲，說變就變，只有像肥皂泡泡般的短暫記憶。
我覺得「友誼」有時候也是資訊不對稱的東西，或許對方刻意遺忘或蒙蔽了某些存在的事實，只是你不知道，還忠誠的認為對方是你的朋友，沒想到你當他是朋友的朋友已經偷偷的不把你當朋友了。聽起來好像有點複雜，說得簡單一些，就是有一種被人家背叛的感覺啦！

我也曾經試著把他當做肉眼看不見的微生物，不過現在似乎沒這麼容易。

唉！不想了，我還是想想該怎麼度過接下來的體育課比較重要。

5

能跳多遠？

螽斯：具有發達的跳躍式後腳，遇到危險時，通過快速彈跳逃避天敵。雄螽斯一對覆翅相互摩擦，能發出各種美妙的聲音，繽紛了夏天的夜晚。

上課鐘一響，體育股長彭亞葳把我們班帶到司令台旁邊的空地上去做操。為了避免我因為鞋子太過醒目而引起不必要的紛爭，彭亞葳用眼神和手勢示意我排在最後一排的最後一個。

這樣也好，我乖乖走到最後一排去。

彭亞葳帶完體操後，理著一頭超級短髮的曹老師，神采奕奕的從操場的那一頭跑了過來，我聽到她懸掛在耳垂上的銀耳環叮叮作響。

「這一堂課，我們要練習跳遠！」曹老師的丹田有力、聲音宏亮，平常肯定常常鍛鍊身體、訓練肺活量，她是我心目中最酷的老師。

曹老師把我們帶到沙坑旁邊，要我們蹲下，開始講解跳遠的技巧。

「跳遠大致可分為四個階段，分別是助跑、起跳、騰空與落地。」曹老師以身作則，邊講邊示範動作：

「助跑階段的最後幾步，必須提高身體重心，姿勢過於前傾或後仰都會對起跳帶來不良的影響……，當騰空動作完成之後，雙腿應向前伸展，雙腿膝蓋盡量靠近胸口同時雙臂向下擺動。」曹老師講解完畢，縱身往沙坑一跳，跳出了約她身長一點五倍的距離，大家不禁鼓掌叫好。

「哇！老師好厲害哦！」

「這還不是我最好的成績呢！」曹老師笑了笑，望向了我。「我們請柳光典同學來做示範，他可是去年的跳遠冠軍。」

啊！我差點忘記這回事了，去年我並未學習跳遠的技巧，也不知怎麼跳的，一下子跳出本學年最遠的距離。看到我在體表會上領獎牌的那一剎那，媽媽感動到飆出淚水。

「謝謝老師對小典的鼓勵，小典從上小學到現在從來沒拿過第一名，他真的很開心。」媽媽當時還頻頻向老師致謝，好像拿冠軍的人是她一樣。

「老師，我可不可以……可不可以……不要跳？」一想到我腳上穿的那兩隻鞋，我結結巴巴的說著。

「柳光典，你什麼時候變得這麼扭扭捏捏，一點都不像你，叫你出來就出來！」

曹老師向來是女中豪傑，她心裡一定覺得我很沒用，其實我也很想維持我在她心目中的良好形象。

「好吧！」我勉強站起身子，走到了隊伍前面。

同學們看到了我穿的鞋，又開始狂笑起來。

「這是怎麼一回事？」曹老師一看到我穿的鞋，吃驚的問。

「老師，點仔……哦，不，柳光典的鞋子卡在樹上了，所以只好穿成這樣。」彭亞葳又站出來幫我說話了，我心中暗下決定要請他去便利商店，吃一支消暑的哈密瓜霜淇淋。

「既然如此，就別跳了！」曹老師說。

「老師，我不用穿鞋也可以跳！」我靈機一動，迅速脫下鞋子和襪子，赤裸的腳觸在燒燙的水泥地上，不禁大叫了一聲：「啊！好燙！」

「今年的天氣特別反常，現在戶外有三十八的高溫，待會你要是跳進沙坑裡，恐怕要變成『夯番薯』了！」曹老師警告我說。面對日漸囂張的氣溫，我也無可奈何，趕緊穿上了鞋襪。

「老師，我來跳！」一個粗獷的聲音從同學們當中傳了過來，我定睛一看，是宋其諒。

「老師妳別忘了，去年我拿到了跳遠的亞軍！」宋其諒喊得很大聲，生怕大家沒聽到。

「哦！對了，老師差點忘了，去年跳遠前三名中，你們班就囊括了前兩名，你們班真是人才輩出啊！」曹老師說完，示意宋其諒出列。

宋其諒深深的吸了一口氣，看來一副胸有成竹的樣子，他從助跑區衝刺了過來，倏地起跳、彈力騰空、下擺落地，他這一跳，跳出了長長的距離。

「漂亮！」曹老師豎起了大拇指，對著同學們說：「宋其諒剛剛做了一個很好的示範，同學們要向他看齊。」

宋其諒轉過頭來，得意的對我比了一個勝利的手勢，我彷彿聽到了他心底的聲音：「看吧！我比你還厲害！」這一幕，讓我恍然憶起去年，他信誓旦旦的對我說：「我今年一定會再拿到跳遠冠軍！」宋其諒說他從小學一到四年級，每年的體表會都拿到跳遠冠軍，他一定要完成六連霸的夢想。

然而五年級體表會那一天，我以三米六小贏他的三米五，終止了他的連霸之路。他當場掉下眼淚，還用銅鈴大的眼睛狠狠的瞪著我。我當時安慰他說：「沒關係啦！我就只有贏一點點，你明年再贏回來，不就得了？」

回想至此，我恍然大悟，我真的是反應遲鈍啊！宋其諒刻意疏遠我，應該是為了跳遠這件事吧？我早該想到了！他是班上的資優生，好勝心及自尊心向來都很強，像我這樣一個「小點仔」，在他心目中搞不好是「一大點」，還有可能是卡在他胸中的「大石塊」呢！

今天的體育課，像是一記鳴鐘，重重的敲醒了我。

回到家後，我努力回想「小朋友」當中，誰最會跳遠？印象中應該是跳蚤吧！我記得跳蚤不但是跳遠高手，還是跳高高手，他用力一跳的極限，相當於體長的一百七十倍。跳蚤雖然跳遠第一名，卻處處惹人厭，真是可憐！對了，還有蝨斯，蝨斯也能跳得滿遠的，他不是有一雙充滿彈力的後腳嗎？

我好奇的翻閱書牆上一套百科全書，依循著注音ㄓㄨㄥ找到了「螽斯」，我看到了其中一段描述，《詩經．國風．周南．螽斯》篇寫到一段我看不懂的文言文：「螽斯羽，詵詵兮。宜爾子孫，振振兮。螽斯羽，薨薨兮。宜爾子孫，繩繩兮。螽斯羽，揖揖兮。宜爾子孫，蟄蟄兮。」還好底下寫著白話註解，大意是指：螽斯因為具有寬容不嫉妒的品格，所以才能多子多孫。我們的古人好厲害啊！他們是怎麼知道螽斯具有不嫉妒的品格？就我所知，螽斯雖然身手矯健，但他們不像蟋蟀那麼好鬥，也不像蝗蟲那麼喜愛掠食農作物。

我繼續往下讀，書上寫到君子具有不嫉妒的德性，《荀子．不苟篇》裡說：「君子能亦好，不能亦好。」大意是說：「君子有才能是美好的，沒有才能也是美好的。君子有才能，就寬宏引導啟發別人；沒有才能，就謙虛小心侍奉別人。」

仔細想想，要當個謙謙君子似乎沒有想像中的容易。宋其諒，我並不嫉妒你，但你也不要嫉妒我，好嗎？什麼都要搶第一名的人恐怕會像跳蚤一樣惹人厭。那倒不如我們來當第二名的螽斯好了，這樣咱倆都成了「君子」，不也挺好？宋其諒，我知道我們都離「君子」還有段距離，不過……，還是共勉之吧！

6

用風的色彩作畫

蜻蜓：又稱青娘子，有時會在平靜如鏡的湖面上款款飛旋，在產卵期會將細長的尾巴彎成弓狀伸進水草叢中，湖面因此有了漣漪，輕輕地擴張著，一圈又一圈。

因為「丟鞋事件」，這兩天我在學校頗有度日如年的感覺。每當我遇到不如意的事情，就會強迫自己的頭腦去想些快樂的事。

下課時，我獨自一人走到菩提樹旁哼著英文老師教我們的歌曲，電影《風中奇緣》的主題曲，我哼著哼著，就唱出了我特別喜歡的一段歌詞：「Can you sing with all the voices of the mountain? Can you paint with all the colors of the wind?（你能否用山的嗓音唱歌？你能否用風的色彩作畫？）」我想藉著歌唱，忘掉所有的不如意。

我想起那一次難得的旅行，老爸帶著我到新竹十七公里海岸線去騎單車，我們一起騎過七彩虹橋，騎過綠色隧道，然後我看到了一幕令我難忘的畫面，那真是一場特殊的奇遇……。

正當我進入了最精采的「實境」之時，一個聲音打住了我：

「點仔！你在這裡幹嘛？」

我循著聲音的方向看過去，陳曉青朝我走了過來。

「喂！你上次不是說要幫我抓雞母蟲，雞母蟲呢？」

「我沒有忘記啦！只是妳也知道，我最近實在有點『衰』，沒什麼心情。」

「好可憐……」陳曉青看著我的那一「雙」鞋，認真的說道：「我懂得這種感覺，偷偷的告訴你，我三年級的時候，曾經穿斷了鞋帶的粉紅色涼鞋來上學，整整一個月。」

「為什麼？」我好奇的問。

「因為鞋子太大，被妹妹踩到腳跟，一扯之下鞋帶就斷了。我請媽媽幫我買新鞋，媽媽說沒錢買，要等到月底領薪水才能買，我只好忍一了個月。」陳曉青說著說著，湊近了我的耳朵，用蚊子般細小的聲音說：「你可別告訴別人。」

我點了點頭，心想：「這種感覺，我也懂。」

我知道，陳曉青的媽媽是「新移民」，是一名嫁到台灣的越南女子。她媽媽在一家越南小吃店工作，家裡的經濟情況不是很好，陳曉青放學回家有時候會到媽媽店裡幫忙。有一次，她還拿一張店裡的菜單給我，邀請我去品嚐品嚐。我還記得菜單上都是一些我沒聽過的菜色，像是：「越式春捲、涼拌米粉、香茅煎蛋、芽車快、越式酸魚鍋湯……」聽起來都是一些酸酸甜甜的東西。我有點想去嚐鮮，但是媽媽一再告誡，現在外面很多黑心食品，最好不要隨意外食，講著講著，也就不了了之了。

其實陳曉青和我一樣，都是課堂上常被老師點名的常客。因為我常會在課堂上「神遊」，陳曉青則常在私底下畫畫，或是偷偷跟同學講話，她講話的速度很快，聲音聽起來就像花栗鼠那樣嘰哩咕嚕的。王老師說她雖然挺聰明，但耐心不足，做事常常只有三分鐘熱度，「蜻蜓點水」的性格急需修正。但我的看法跟別人不一樣，我倒認為她為人直爽，熱心助人。像有一次我忘了帶書法用具，她就很大方的將她的毛筆借給我。

「最近我姐姐租了一部名字叫《海蒂》的影片回來，很好看！你要不要看？我可以借你。」我們一起坐在菩提樹下的石椅上聊起天來。

「《海蒂》？我好像有看過。是不是在講一個阿爾卑斯山少女的故事？」我問。

「對啊！我很羨慕海蒂，每天可以跟爺爺在山裡生活，喝新鮮的羊奶，睡乾草鋪成的床……。」

「還可以跟淘氣的山羊和看羊倌彼得成為好朋友。」我接著說。

「沒錯！」陳曉青說得眼睛都發亮了。

「我媽媽說她有時候很想把我丟到蒙古去放牧，她認為那裡比較適合我。」

「蒙古？你是說有『蒙古包』的蒙古嗎？」

「就是『天蒼蒼，野茫茫，風吹草低見牛羊』的蒙古。」

「那你比較想當一隻牛，還是想當一隻羊？」

這個問題有點蠢，不過我還是認真想了一下，跟她說：「我只想當一隻鳥，想飛多遠就有多遠，無拘無束。」

「那你想飛多遠？」陳曉青又問。

「飛到火星上吧！」我故作誇張的說。

「你以為你是電視新聞播報的那個『火星男孩』喔！我只想當海蒂，如果我是海蒂，你當彼得好了，不然沒有朋友的海蒂，一個人在山上多寂寞。」陳曉青咕噥著。

「是啊！」聊著聊著，我突然有種感覺，我覺得陳曉青和我也是「同一國」的。跟她聊一聊，我覺得心情好多了，暫時把「鞋子」的事情拋到九霄雲外去了。

下午上美勞課時，老師教我們畫纏繞畫，她說纏繞畫的原始精神是：「生命是一幅沒有橡皮擦的藝術作品。畫錯了，畫歪了，我們沒有辦法擦掉重來，只能繼續畫下去。但是也有可能這畫錯或畫歪的一筆，最後會是一個很美麗的延續。」

聽老師這麼一說，我憋住氣，緊握手中的蠟筆，試著一路大膽的畫下去。沒想到，我畫到一半，筆卻不聽我的使喚，來了個「大出走」，自認為沒什麼藝術天份的我，果然又搞砸了！畫歪的這一筆，怎麼看怎麼醜，我一氣之下，乾脆隨便亂畫，塗個徹底的「大花臉」！我偷偷的望向陳曉青，我看到她很專注的畫著，比任何時候都還專注，作品還被美勞老師大大誇獎了一番。

當美勞老師走過我的身旁，我趕緊將我的「塗鴉」捏在手中。向來優雅的老師，勉強露出微笑，要我給她欣賞欣賞，我硬是不給。

不管了！來說說我那天在十七公里海岸線的那場奇遇吧！那個時候，當我們冒著小雨騎過綠色隧道，正要往右轉時，一大群盤旋在積水處的蜻蜓，乘著一陣風勢，朝向我們飛了過來，他們時而忽前、時而忽後，其中有一

隻還像直升機一樣停留在半空中，就停留在我眼前。當我與他大大的複眼對望的那一剎那，我特別感受到隱藏在蜻蜓骨子裡那股野性與衝勁。

我看到的蜻蜓，只是「輕停」一下，輕停過後，他們仍會翱翔。蜻蜓，他們還會用風的色彩畫畫。蜻蜓，比我想像中厲害許多！

7

小五郎抓蟲記

雞母蟲：幼蟲棲息於地底下，母雞常常翻土啄食，在台灣被稱為雞母蟲。可以餵牠腐植土或水果，不要常常去翻牠，要給牠足夠的生活空間。

最近，班上同學加入「電玩幫」的人似乎有明顯增多的趨勢，他們越講越大聲，有時候會傳出一些陌生的字眼，像是什麼「補血」、「拖怪」、「划水」這些聽起來有點詭異的東西，其中講最大聲的就是宋其諒。彭亞葳下課時也較少和我出去了，他常常待在一旁「旁聽」，好像有投奔「另一國」的趨勢。而陳曉青，她和我一樣沒個人電腦，所以我們很自然的聊在一起。

我仍然穿著「兩隻鞋」上學，因為媽媽仍然堅持不幫我買新球鞋。班上有些同學，看到我一副「蹩腳」的樣子，不復往日的意氣風發，好像也與我漸行漸遠。

為了實現我與陳曉青的諾言，我下課時帶著她一起去抓雞母蟲。

雞母蟲是指土壤下生長的甲蟲幼蟲，長大後可能是獨角仙，可能是金龜子，也可能是鍬形蟲等之類的甲蟲。甲蟲當中，我偏愛鍬形蟲。因為我記得我擁有的第一隻甲蟲，就是台灣扁鍬。還記得剛上小學，媽媽帶我到鄰居唐奶奶家去玩，唐奶奶家住一樓，門前有一個庭院，庭院裡種了一棵木瓜樹，木瓜樹下掉了一小顆爛木瓜，我發現一隻黑色甲蟲就在底下溼溼的泥土裡爬著，像發現一顆新行星般驚喜，我用手輕輕抓起那隻甲蟲，從此他就成為我最要好的「小朋友」。

那隻扁鍬，帶給我美好的回憶，我也很想幫陳曉青抓到一隻扁鍬的幼蟲。

「鍬形蟲喜歡生活在樹木附近，我們只要沿著樹木找，就會找到。」我跟陳曉青說。

於是我們先鎖定校門口附近的那幾棵菩提樹，打算由內而外，一步步找到後門的那幾棵樟樹。我們邊找邊指認樹木，我發現我認識的樹木種類比陳曉青多，而陳曉青認識的花兒種類比我多。書香樓旁是大王椰子樹，致遠樓前是楓香，敦品樓前有羅比親王海棗……籃球場旁種的是羊蹄甲，穿堂前面種的是繡球花，活動中心後面那一片牆爬滿了軟枝黃蟬。

花了幾節下課時間，我們沒找到雞母蟲，倒是發現了一隻翻過來，胖得像榛果一樣的金龜子。我用右腳的鞋帶，幫牠翻過身來，不料牠順著鞋帶爬到了我的襪子上。我甩了甩右腳，金龜子振翅一飛，撲向陳曉青，陳曉青嚇得拔腿就跑，而我則追著陳曉青跑，眼看就要追上她了，上課鐘聲卻無情的響起。

我們就這樣邊找邊玩，整整找了兩個星期，最後，終於在鞦韆旁榕樹下的泥土裡，找到了一隻軟軟、白白又肥肥的雞母蟲。一開始，陳曉青看不慣雞母蟲的模樣，有些怕怕的。我建議她幫雞母蟲取一個名字，她想了想，取做「綿綿」。叫著叫著，她跟我說：「綿綿越看越可愛了。」我把我放在抽屜的飼養箱一起送給了陳曉青，還跟她說明飼養雞母蟲的方法，當天，陳曉青很開心把她的「綿綿」帶回家照顧。

隔天，她下課時請我吃越南春捲，她說那是她自己做的。涼涼薄薄的粉皮包裹著切細絲的小黃瓜、紅蘿蔔、蛋皮、米線，沾上酸甜醬汁，我才沒吃幾口，頓時覺得清涼無比。能把這些材料切得這麼細真不簡單啊！我發現陳曉青只要遇到她有興趣的事，比誰都還要仔細。

「點仔，可以再幫我多抓一隻雞母蟲嗎？因為我妹妹也想要。下次我再請你吃椰奶果凍。」陳曉青說。

「妳說的哦！那有什麼問題，再多抓幾隻吧！」吃完美味的越南春捲，我舔了舔手指頭，意猶未盡的說。

於是我們持續「抓蟲之旅」，一下課，就忙著在校園裡穿梭，比蜜蜂還忙碌。

有幾個眼尖的低年級小朋友，好奇的湊過來看，一發現我們是在抓雞母蟲，就大聲嚷嚷：「我們也要！」有一個一年級的小男生，看起來一副很崇拜我的樣子，他不知道怎麼稱呼我，看我穿了兩隻鞋，索性喊我：「兩隻鞋哥哥，我也要一隻雞母蟲！」

「我不叫『兩隻鞋哥哥』，叫我『小五郎』！」我不服氣的說。

陳曉青一聽，張開嘴咯咯咯的笑，笑到險些岔了氣。我雖然覺得很糗，但回頭一想，能幫這些小弟弟、小妹妹製造一些美好的童年回憶，何樂而不為呢？

「好啦！哥哥可以幫你們抓雞母蟲，但是你們一定要答應我好好照顧他，直到他長大為止。」於是我帶著他們到處找雞母蟲，在校園裡留下大大小小的足跡。

雞母蟲，真的是很有趣的小東西，因為你不知道你抓到的雞母蟲長大後會變成什麼。你只能充滿耐心的等待他長大，餵食他，幫他換腐植土，還有他的便便不要丟棄，那可是很好的天然肥料。

或許他會長成金龜子，他們是甲蟲家族中最龐大的一群；或許他會長成獨角仙，他們是大力士，能一口氣舉起比自己體重重八百五十倍的東西；或許他會長成鍬形蟲，他們是森林中居功厥偉的清道夫……。有一個小孩，意外在土裡撿到幾隻雞母蟲，養了將近一年，他們長成了超級雄偉的大甲蟲，原來他們是澳洲獨有的雙角仙！

對了，還有一點千萬要記得：一定要給他們足夠的生活空間。

8

到底是誰？

仰椿象：只要在靜水池的水面上仔細觀察，就會發現仰椿象腹面朝上，前、中腳縮貼到腹面，後腳展開一前一後的滑水動作，是個仰泳高手。

今天早上，我在教室裡坐立不安，因為在我抽屜裡的飼養箱中，有二位「小朋友」不斷吸引我的注意力。

昨天我跟陳曉青抓雞母蟲的時候，抓到了一隻蜘蛛放進飼養箱裡。這隻蜘蛛小小的，我怕他肚子餓，今早抓了一隻螞蟻餵他。但是當我看到蜘蛛越來越靠近螞蟻時，我竟擔心起螞蟻來，我在心裡喊著：「小螞蟻，快逃啊！」說也奇怪，當我這樣一喊，小螞蟻好像腳底抹油般，飛快的爬走。我看蜘蛛吃力的緊跟在後，也不打算輕易放棄，這時我又擔心起蜘蛛來，萬一他一直吃不到螞蟻，有可能會餓死。

是幫蜘蛛好？還是幫螞蟻好？我越想越覺得矛盾，最後我決定一下課就放他們出去，讓他們自己決定自己的生死，我也樂得輕鬆。偏偏時間一分一秒像踱步的老人，走得好慢好慢，而我就跟箱裡的蜘蛛和螞蟻一般，無比煎熬。

好不容易等到下課，我大大的呼了一口氣，好險，他們兩個都還活著！我三步併做兩步，飛快的跑到操場旁的花圃前端，先放出蜘蛛；再跑到花圃的後端，放出了螞蟻，這下子他們相隔十萬八千里，應該相安無事了吧？

回到教室，彭亞葳走了過來，他興奮的對我說：「點仔，今天下午最後兩堂課是游泳課，我們一起練習吧！」

「好啊！」說實在話，我比全班任何一個人都還期待游泳課，因為我可以不用再穿那悶悶的「兩隻鞋」跑操場了，我可以自由自在的在水裡悠游，還可以跟彭亞葳一起玩「水中尋寶」的遊戲。一想到這裡，我更加坐立不安了，恨不得馬上跳進游泳池裡，濺起一個超級無敵大的水花。

下午，我捱過了一堂漫長的健康課，終於等到了游泳課。

換上泳褲，彭亞葳帶著我們在泳池邊做完暖身操後，曹老師走了過來。

「這堂課的前半段，讓你們自由練習二十分鐘，後半段，全班一起玩『水中尋寶』遊戲。」曹老師一說完，全班響起了一陣歡呼聲。

我們一個個像下水餃一樣，躍入清涼的泳池裡。彭亞葳調整好蛙鏡，對我說：「我蛙式還不是很熟，你教教我。」

「A piece of cake！」那有什麼問題，我媽媽在我一年級時就讓我學游泳了，舉凡蛙式、自由式、蝶式、仰式我都會，就連狗爬式我也是無師自通。

一開始的時候，彭亞葳手腳動作不太協調，換氣不順被水嗆到，甚至喝了好幾口游泳池的水。

「彭彭，兩腳再划開一些，換氣的時候，頭抬高一些！」在我的建議與示範之下，彭亞葳越游越熟練，他游著游著，緩緩的向對岸游去。

其實我最愛的是「仰式」，最快學會的也是「仰式」。只要將身體放鬆，自然而然就可躺在水做成的床上，放空腦袋，閉上眼睛「裝死」。

對了！昆蟲界裡的仰泳高手，非仰椿象莫屬了。仰椿象非常厲害，他是腹部朝上在水面之下仰泳的，聽著，是水面下，可不是水面上哦！他的腹部末端並沒有呼吸管，所以還時常到水面換氣。我想我如果像仰椿象一樣在水面下仰泳，那可能不一會兒就真的沉到水裡了⋯⋯，就在我渾身起雞皮疙瘩的時候，耳邊傳來了一陣熟悉的叫喊聲：

「喂！柳光典！我們來比賽，看誰最先游到對岸去！」我用眼角餘光瞄了一下，果然是宋其諒。

「這個宋其諒，吃飽沒事幹，就愛找人比賽……」我在心裡嘀咕著。

「不想比啦！你沒看我現在躺在這裡多舒服！」我不客氣的回答。

「點仔，你今天怎麼沒穿『兩隻鞋』來游泳啊？」跟他同一國的陳一緯，在一旁故意嘲笑我。

「是啊！是啊！為什麼不穿？那可是特製的『蛙鞋』，我剛剛還親眼看到一隻像青蛙的大蔥鴨，用兩隻大腳丫在划水咧！」宋其諒這麼一說，可把我惱火了。我翻過身來對著他大吼：「豬頭啊！聽你在放屁！」

一轉過身，我發現跟宋其諒同一國的人越來越多了，都是平常跟他一起聊電玩的人，他們湊成一塊兒朝著我潑水。我正想回手之際，看見彭亞葳從對岸游了過來，試圖想幫我解圍。

「嗶！」此時曹老師的哨音響起，示意我們集合。

曹老師手上拿著一盒象棋，說：「現在我要把這一盒棋子丟到游泳池的各個角落裡，待會比賽一開始，你們就游到水裡去撿棋子，誰撿得越多，分數就越高。」

「比就比，誰怕誰啊！」哨音一響，我帶著未消的怒氣，飛快的四處搜尋，邊游邊俯身入水搶撿棋子。

經過一陣瘋狂混亂的搶奪之後，哨音又響起了。我們紛紛上岸繳交我們撿到的棋子，讓曹老師做結算。我看了看我手中的棋子，竟然有一顆是「將」，我不禁得意的笑了起來，我覺得自己好像中了頭獎一樣幸運。

最後的結果是：我撿到六顆，宋其諒四顆，彭亞葳三顆，其他同學不是一顆就是二顆，有人一顆也沒撿到，露出失望的表情。而宋其諒嘴巴翹得老高，像掛了百斤豬肉似的。

「誰叫你老愛跟我比啊！」我對宋其諒比出一個勝利的手勢，就到盥洗室沖澡去了。我一邊沖澡，一邊唱歌，忘了時間像蓮蓬頭灑下的水，正在急速流逝。當我步出盥洗室時，發現大多數的同學早已到外面排隊去了。我走到我的置物櫃準備穿鞋，赫然發現我的兩隻鞋不見了一隻，我東找西找，怎麼找也找不到，我右腳的球鞋不翼而飛了！

我飛快的穿上我左腳的涼鞋，在路隊後面奔跑著，大喊：「喂！誰拿了我的球鞋啊！」但沒有人理我，大家都急急忙忙的走出了校門口，不一會兒，那些模糊的影子，被人潮沖散了，翳入黃昏的微微光線中。

「哼！一定是宋其諒幹的好事！」我咬著牙，佇立在原地。我又想起今天在游泳池跟著宋其諒一起嘲笑我的那群人，「或許是陳一緯，廖承先也有可能，還是……，那群人每個都有嫌疑！到底是誰？」我不自覺握緊了拳頭，越想越生氣，明天非把「嫌犯」給揪出來不可！

現在的我，又只剩下一隻鞋了，一隻孤單的涼鞋。

我一跛一跛的走上回家的路途，以往在回家的路上，我總會望望四周的景物，數一數停在電線桿上的麻雀有幾隻，看一看小燕子是不是安好的窩在某個屋簷下的巢裡。然而，今天我什麼都看不見了，我只能緊盯著腳下的路面，生怕赤裸的右腳踩到什麼尖刺物。而最令我難受的，是心上那一根刺，被莫名植入的那一根尖刺。

走沒多久，天空的烏雲像趕集似的，沒兩三下就迅速的聚攏，倏地下起了一陣西北雨。我撐起了傘，走在溼冷的路上，越走腳底越冰冷，尤其是右腳，像是踩到冰塊，感覺就要結凍了。那凍感挾帶溼氣，從腳底漸漸竄升，透進胸口，我不禁打了一陣寒顫。雨滴般的淚珠，沿著臉頰滑落下來。

我像一隻腹面受敵的仰椿象，在水裡舉步維艱。敵人的惡意，引起了我的恨意，我不斷告訴自己，雨終究會停，而我，將予以反擊！

就快走到家門口時，一個小弟弟奔上前來。我回頭一看，他就是要我

幫他抓雞母蟲的那位小弟弟。

「兩隻鞋哥哥，我今天在操場邊，撿到了你的球鞋，媽媽要我趕快送來還你。」他一臉誠懇的模樣，彷彿是上帝派來的小天使。

「太好了，謝謝你！」我擦了擦眼角的淚水，充滿感激的自他小小的手裡接過那一度失蹤的球鞋，它渾身已沾滿泥沙。

回到家，我覺得好累，只想好好洗個熱水澡。躺在浴缸裡，熱水逐漸軟化我僵硬的四肢，我一直泡到皮膚有些發皺了，才有氣無力的離開撫慰我的這一池暖湯。回想起今天的一幕幕，我的心情跟我的身體一樣，像在洗三溫暖。我恍然憶起，我撿到的那六顆棋子中，其中雖然有隻黑色的「將」，但好像也有隻紅色的「兵」。唉！人生就像一場詭譎多變的棋局，還是別得意得太早。

9

隱隱作痛

蟋蟀：兩隻翅膀摩擦能發出聲響，自古以來牠美麗的聲音深受人們的喜愛，有著「草原上的提琴手」美稱的牠，其實非常好鬥。

當天微微亮，窗外的漆黑轉為牛奶似的乳白，我再度闔上雙眼，不想醒來。我拉緊了棉被，痛苦的感覺並未消失，我知道，它來自昨日心上的那一根刺。

「小典！小典！……」媽媽仍舊習慣當我的鬧鐘，平常我也喜歡這種被叫起床的感覺，但是今天不同了，我真的不想醒來。

打從上小學那一天起，我一直很感謝「發明」學校的人。雖然我不是頂認真的學生，上課也經常分心，但是我喜歡學習、喜歡校園、喜歡老師，更喜歡和同學們一起互動。在家裡雖然很自在，但缺少了玩伴，一個人難免會有一些寂寞。今天，是我有史以來頭一遭，覺得學校是一個更寂寞的地方。

一陣香氣從廚房飄進來，媽媽見我沒有動靜，以為我睡死了，衝進房裡叫我起床。而我，就像媽媽煎的荷包蛋，懶得翻過身來。

「再不起床就要遲到了！」

我仍舊緊閉雙眼，默不出聲。

「怎麼了？不舒服嗎？」她走近我，摸了摸我的額頭，確認我並沒有發燒的跡象，使勁的搖了搖我。「好了，別賴床了！」

在媽媽還沒走進房門之前，我甚至有裝病不去上學的念頭。但仔細想想，一來我絕對躲不過媽媽的「法眼」，二來我如果不去上學，豈不成了縮頭烏龜，又如何報我的「一箭之仇」？最後，我還是選擇起身了，只因為胸中那股悶氣。

那股悶氣同時把我搞得食慾不振，今天早餐我只吃了一個微焦的荷包蛋，和一片抹了奶油的烤吐司，就覺得很撐。媽媽命令我一定得喝下她現打的招牌養生黑芝麻五穀漿，才肯讓我離開。我勉強喝下，這五穀漿怎麼濃稠得有些苦澀？

到了學校，一踏進教室，有幾雙眼睛朝我這邊望了過來。我回瞪了幾眼，教室突然變得一陣安靜，只剩下一枝枝筆抄寫聯絡簿的沙沙聲。

王老師走進了教室，感覺到這股異常的靜默，他環顧教室的四周，直到確認大家各安其位，才走近了他的辦公桌。

「要跟王老師告狀嗎？」我在心裡問自己。「但是你並沒有證據啊！」我回答了自己。

我在心底嘆了一口氣，但我知道嘆息沒有用，嘆息後還是要面對問題。

同在一個箱子裡的螞蟻遇到了蜘蛛，難道就註定要束手就擒，絲毫沒有反擊的力量嗎？不，螞蟻只是在猶豫他的下一步。或者，乾脆像蟋蟀一樣，來個正大光明的搏鬥，誰怕誰啊！

今天，我應該是班上最安靜的一個。一方面是因為我不停的在心裡與自己對話，一方面是因為我不想開口說話，從頭至腳，好像有某種熱情被澆熄了。

彭亞葳見我有些反常，靠過來關心我，問我怎麼了，我只是搖頭，沒有回答。陳曉青下課時邀我去抓蟲，我指了指昨天自腳底長出的水泡，表示我不想去了。我一直注意「那一國」男生的動靜，他們今天好像刻意的保持低調。我在座位上數著手指頭，發現全班十五個男生，有四分之三以上都屬於「那一國」。

我在心裡悄悄布下戰局，擺好戰棋，思考著對策。

我就這樣默默的度過看似風平浪靜的日子，默默的等待下一週的游泳課，等待自己再度濺起一個超級無敵大的水花。

游泳課終於又來臨了，這一次曹老師親自下水帶著我們練自由式，大家今天的狀況普遍不佳，老師這次取消了「尋寶遊戲」。接近下課時，我以上廁所為理由，先上了岸。

我悄悄的走到一格格放鞋的置物櫃前，找到了宋其諒的鞋，將他的一隻鞋跟另外男生的一隻鞋對調。然後再找到另外一個男生的一隻鞋，再跟另外一個男生的對調。其實，我只認得宋其諒的鞋，因為他的鞋款很特殊，漸層綠螢光的鞋面，印上一個大大的黑色勾勾商標，鞋側還有著透明的厚厚氣墊。其他男生的鞋看起來都差不多，我也認不得哪隻是誰的，乾脆來個大風吹，把所有男生的鞋都給搬家了！

「既然你們不能同情我的處境，那麼就讓你們也嘗嘗穿『兩隻鞋』的滋味吧！」我還刻意將宋其諒的鞋帶，跟另外一個男生的鞋帶緊緊綁在一起，再多打了幾個死結。

「哼！看你們以後還敢不敢隨便取笑、捉弄別人！」走出更衣室，我感覺自己大大的出了一口怨氣，好不痛快！

我假裝若無其事的走回隊伍，過沒多久，曹老師要我們上岸快速換洗，準備放學。

「這是怎麼一回事？大家快來看啊！」廖承先第一個沖洗完畢，首先發現事情不妙。

「這不是我的鞋啊！」陳一緯尖叫。

「我的另一隻鞋到哪裡去了？」宋其諒最緊張，他驚慌的朝我這邊看了過來，我則一副事不關己的模樣。

「啊！我的鞋！」彭亞葳也叫了一聲。

糟了！我忘了把彭亞葳的鞋先收起來了。

在一陣慌亂之中，置物櫃前鞋子散了一地，大家忙著找回自己的鞋，重新進行配對。有人換來換去，差一點找不回自己的鞋。放學時間足足拖延了半個小時，有些家長在校門口等不到自己的小孩，索性站在校門口破口大罵。

警衛伯伯氣急敗壞的來找曹老師，質問曹老師為何延後放學時間？曹老師說她也沒有料想到會有這種狀況，她會多加注意，並表示要找我們的王老師談談，以便多了解班上男生的情況。

當我走出校門口時，回頭望了一下，我看到宋其諒跟另外一位同學兩人三腳，正蹲在地上，試圖努力解開彼此的鞋帶。

我加快腳步走向回家的路，走著走著，不自覺飛奔了起來。奇怪的是，心頭的那一根刺雖然拔除了，但好像還留下什麼傷痕似的，隱隱作痛，尤其是當我想到彭亞葳的時候。

這一夜，像厚厚棉被覆蓋著我，我躺在床上翻來覆去，難以入眠。

隔天的早晨，不復往日的平靜了。王老師一走進教室就站上講台，一下子從慈悲低眉的菩薩變成了鐵面無私的包青天，準備開始辦案。

「我一開學就跟你們說過：『誠實為上策』，不要怕犯錯，要勇於承擔錯誤，還要能勇於改過，不是嗎？」沒錯，我記得老師一開學的時候，就在黑板上寫了一個大大的「誠」字，那是我看過最大的一個字，它幾乎占滿了整個黑板。

「昨天到底是誰的惡作劇？昨天晚上我還接到了幾個家長的電話，說本班同學行為失當，要老師好好管教。」

同學們個個正襟危坐，直凜凜的看著老師，我也不例外。

「犯錯的同學，如果你不敢當面承認，那我請全班同學閉起眼睛，你再舉手，或是你下課時私底下到辦公室來找我。」

「老師，是我！」我毫不遲疑的舉起了手，這是我想了一夜的結果。

王老師愣了一下，他好像沒有想到會有人如此快就承認。

「柳光典，你為什麼要這麼做？」王老師問。

「因為上星期游泳課，有人故意藏了我的鞋，害我只能穿一隻鞋回家。」

「真的嗎？」

「真的！不信你可以去問一位一年級的小弟弟，他撿到了我的球鞋。」

「到底是誰藏了柳光典的鞋子，趕快承認！」王老師銳利的眼光掃向大家，同學們面面相覷，沒有人敢承認。我瞄了宋其諒幾眼，他的肩膀縮得特別的緊。

「柳光典，發生這種事，你應該報告老師，不應該用自己的蠻力解決。」王老師義正詞嚴的對我說。其實我也有想過要報告老師，但是不知道為什麼，就是覺得很不甘心，想靠自己的力量反擊回去。

「你這樣只會造成兩敗俱傷！」嚴厲的「包青天」板起了臉孔，「我罰你不准下課，抄寫五課課文，一天抄一課。至於是誰故意藏了你的鞋，請那位同學趕快如實招來！」

台下又一片靜默。

「我不抄！」我紅著眼睛說。

「不抄？做錯事就是要接受處罰！」王老師顯得更生氣了。

「除非老師找出藏我鞋的人，他也要一起接受處罰，我才抄！」我理直氣壯的說。我又用眼角餘光瞄了一下宋其諒，他的頭垂了下去，肩膀縮得更緊了。

「哼！沒種的傢伙！」我心裡充滿了憤怒。

「柳光典，我會跟你的家長聯絡。還有，誰藏了柳光典的鞋，再不承認，我會加倍重罰！」王老師咬著牙，做出了最後的裁決。

一下課，彭亞葳走過來對我說：「點仔，為什麼你連我的鞋也要動？我絕不可能藏你的鞋。昨天我媽媽放學時等不到我，把我臭罵了一頓！」

「彭彭，對不起，我知道絕對不會是你，是我一時大意。」彭亞葳沒有接受我的道歉，他失望的走出教室，看到他落寞的背影，我也很難過。我不喜歡見到我的朋友傷心，我希望他過得快快樂樂的，我也不希望傷及無辜啊！

兩敗俱傷？我曾經看過鬥蟋蟀，蟋蟀只要被撥弄觸鬚，就會燃起戰鬥意志。只要一方認輸，比賽就會結束，但只要雙方不認輸，就會鬥個你死我活。有的鬥到體液流出，有的鬥到缺手斷腳，總之，真是慘不忍睹。

我想起在《基度山恩仇記》裡，唐泰斯藉由復仇讓他的敵人一個個倒下，並沒有因此感到開心快樂。「恨」好像真的不能靠「復仇」來得到完全紓解。

像我這麼容易被激怒的人，應該很難成為「君子」了。不過，重點是：他們為何要激怒我？他們有錯在先，就算「兩敗俱傷」又怎樣？

不想不想了，再想下去，我的腦筋也要打死結了。

10

到另一個家去

象鼻蟲：在產卵前會將紫藤或橡樹等葉子邊緣捲起，將卵產在葉子裡，然後繼續捲葉，被捲起來的葉子好像是搖籃，呵護著即將長大的寶寶。

「天啊！你怎麼又做出這種荒唐的事！」媽媽舉起了右臂，想要摑我一巴掌，被老爸制止住了。

「誰叫他們要偷走我的鞋子！」我大聲的說。

「我不是一再告誡你兩件事，一是不要讓老師打電話到家裡來；二是不要傷害到別人嗎？」媽媽氣到身子又開始發抖了，「你一年級曾經在走廊上打球，砸到了一個小女生；三年級曾經在掃地時間甩抹布，差點甩到了同學的眼睛；四年級曾經將墨汁打翻，弄得同學一身黑；五年級時又在樓梯間撞倒一位同學，還讓人家受傷……」

「這些真的都是不小心的。」我很納悶，媽媽為什麼總是將我的「曾經」記得這麼清楚。畢竟，「曾經」不是早已成為「曾經」了嗎？

「別再說『不小心』這三個字了！那這一次呢？這一次是故意的！」

「是他們『故意』要傷害我的，我也受傷了啊！」

「你哪裡受傷了？」

「我心裡覺得很受傷。」

「每次你做錯事，我還要打電話去跟別人的家長道歉，我不想再做這種事了！這禮拜本來打算要幫你買新鞋的，沒想到你還是沒學到教訓，你永遠都別想再買新鞋了！」

「不買就不買，有什麼了不起！」我氣媽媽一點也不在乎我的感受，只會一昧責備我的行為。「妳只是怕我做錯事，讓妳丟了面子，臉上無光而已！」

我語音未落，看到媽媽漲紅著臉，淚水在她眼眶裡打轉。

「好了，好了，小典也是因為被欺負，才出此下策的。」老爸出面緩頰，摟著媽媽的肩膀說。

「你還替他說話，這孩子就是被你寵壞的……」媽媽哽咽著說。

幸好老爸了解我，我覺得老爸跟我也是「同一國」的。

「這孩子我教不來了，也教不下去了，以後都由你來教！」媽媽對老爸說完，撇過了頭去，一副不想再看到我的樣子。

「別難過，別說氣話，小典會傷心的。」老爸說。

「他傷心，我就不傷心？你就只顧著他傷心！」老爸原本想安慰媽媽，卻弄巧成拙，弄得媽媽怒火燎原了。

「小典不是壞孩子，只是有時候比較衝動魯莽……」老爸又說。

「你還在為他說話！」媽媽氣沖沖的走進房裡，關上房門，我跟老爸隱隱約約聽到從門內傳來的啜泣聲。

「小典，你的話傷到你媽的自尊心了，你不知道你媽的自尊心特別強嗎？」老爸默不作聲好一會兒，語重心長的對我說。

「我只是說出我的內心話而已。」我不服氣的說。

「唉！」老爸嘆了一口氣，想走進房裡安撫媽媽，媽媽卻已緊緊鎖上房門了。看來今天的晚餐沒有著落了，老爸打算去巷口的麵店買幾碗紅燒麵和一些媽媽最愛吃的滷豆干回來當晚餐。

「爸，我陪你去。」不知怎麼的，我有一股想離家的衝動。

天色已黑，路旁的街燈一盞盞，倏地把心裡的不安點亮，我和老爸拖著長長的影子，兩手插著口袋，肩並肩的走著。

「小典，你自己也有不對的地方，待會回去跟你媽道歉吧！」老爸說。

我搖了搖頭，表示不願意。

「為什麼？道歉這事有這麼難嗎？」老爸神色凝重的問。

「因為她是我媽媽。別人可以不懂我，但是媽媽怎麼可以不懂我？」

老爸似乎懂我的意思，他沉默了好半天才又開口：「你媽的優點就是『認真』，缺點也是『太認真』，你要試著理解你媽的『太認真』。」

別看老爸平常一副嘻嘻哈哈的樣子，有時候講話真像一個禪師，這個公案，我參得似懂非懂。

「你媽媽是『刀子口，豆腐心』，其實心腸很軟。」老爸接著說。

聽老爸這麼一說，我想到平日家裡出現小昆蟲，媽媽都會要我捏出去到陽台放生。

「你媽媽很少不煮晚餐，上班再忙再累，也要趕回來煮晚餐。」

「她其實可以不用這麼累，我們去外面吃就好了。」

「那是她對你表達愛的方式，她覺得是她的責任。」

我又想起，有一次她公司真的很忙，連續三天都讓我們吃咖哩飯，她就覺得很愧疚，還特別買蛋糕回來，補償我和老爸的胃。

走到了麵店，買完了晚餐，在回家的路上，老爸做了一個重大的決定。

「小典，我看你跟你媽需要分開一陣子，彼此都靜一靜，你回奶奶家住好了。」

「什麼？」老爸是說真的還是假的？奶奶家可是遠在台東呢！

「那上學的事怎麼辦？」我問。

「我幫你跟學校老師請假，說你需要休養一陣子。」

「這樣好嗎？」

「沒什麼不好。」老爸的眼神和語氣都相當堅定。

我剛剛才動了一個離家的念頭，怎麼馬上成真了？心裡頭有種毛毛的感覺。

吃飽飯後，我獨自坐在客廳，聽到老爸和媽媽在房間裡長談了很久，今天的夜好像特別深。

隔天，老爸沒去上班。他親自到學校，和王老師請了一個星期的假，回來陪我一起整理行李。整理好之後，我坐上了老爸的休旅車，一路前往台東的奶奶家。

奶奶一個人住在台東山上的部落，老爸好幾次要接她來跟我們一起住，她就是不肯。她說她很習慣山裡的生活，山是她永遠的家。而且部落裡有她談得來的朋友，她捨不得離開，如果硬要她住在都市裡，肯定會要了她的老命。

媽媽沒來送我，我想她應該還在生我的氣。我真的有這麼差嗎？媽媽真的不想理我了嗎？我在內心打了一連串的問號。

車子沿著蘇花公路彎彎繞繞，藍色的大海顯得深不可測。晴朗的天空，彷彿下起一陣冰雨，我和媽媽現在的關係就像在高空瞬間結冰的機體，既無法飛升，也無法降落。

我其實很期待到奶奶家，我喜歡奶奶，也喜歡奶奶住的地方，那也是老爸從小生長的地方。只是爸媽忙，沒時間常帶我回去，即使回去了，也是匆匆來去。但此刻，我卻不斷回想起與媽媽的點點滴滴。

從小到大，媽媽一直陪伴著我。她買樂高積木、模型玩具給我；帶我去河濱公園學騎腳踏車；怕我沒玩伴，帶我去參加桌遊社；看我英文不好，一句一句教我唸讀，一直唸到深夜……。

雖然我也曾想逃離她的嚴格管教，卻從未想過沒有媽媽的世界。

我曾經目睹一隻正在捲葉子的象鼻蟲，他從葉子的邊緣捲起，不停的捲了又捲，然後在捲起來的圓筒裡產卵，這葉苞看起來就像搖籃一樣。很難想像，要將客廳大小的地毯，像捲蛋捲一樣的捲起來，要耗費多少力量？小小的卵在葉苞裡安全孵化後，幼蟲將會吃掉這片葉子當作養分，接著離開搖籃，逐步長大。

我的家就是我的搖籃，是媽媽努力捲出的一層層搖籃。

然而，現在卻有一股強勁的力量無聲撞擊著這牢固的搖籃，把我撞得頭昏腦脹。此刻，在離開「搖籃」的路上，我最想確認的一件事是：媽媽，妳還愛我嗎？

11

四分之一的血液

螳螂：螳螂的臉可以靈活的上下左右扭動，並擁有一種叫做「偽瞳孔」的黑點，可以讓牠看起來表情更加豐富、更加生動。

我的奶奶是布農族，住在台東縣延平鄉武陵村，十八歲的時候嫁給了爺爺，而爺爺是一位漢人。所以我老爸擁有二分之一的布農族血統，而我則擁有四分之一的血統。

媽媽曾說我的天性奔放，跟潛藏在我血液裡的因子不無關係，她還說，當初嫁給老爸是一種冒險，因為她對布農族實在沒什麼認識與了解。

我常納悶，老爸與媽媽個性截然不同，一個搞笑浪漫，一個仔細嚴謹，這兩個人如何湊在一起？媽媽說她嫁給老爸的原因有二，一是她喜歡老爸的風趣，能緩解她的神經緊繃；二是老爸對她窮追不捨，讓她無法招架。

車子在台九線三四四K附近轉進了武陵長長的綠色隧道，四周如此幽靜，老爸開心的哼起布農族的山歌。穿過隧道，車子順著蜿蜒的山路，繼續往上爬。最後，我們在一幢石板屋前停了下來，一下車，空氣十分清新，老爸要我跟他先做幾口深呼吸。

奶奶一聽到動靜，馬上從屋裡走了出來。笑容滿面的奶奶穿著天藍色的上衣，胸前斜織著鮮豔的織紋，以黑色為底色的長裙，繡上了滾邊，像滾了一道天邊的彩虹。

「唉喲！我的小典又長高了！」奶奶展開雙臂，很想把我舉抱得高高的，像小時候那樣，不過面對長大了好幾寸的我，她只能用力拍拍我的背，輕輕捏捏我的臉頰。

一進屋內，奶奶舉行簡單的祈福儀式，為我接風。她用樹枝沾了清水，灑在我的臉上、身上，她的口中唸唸有詞，希望我的眼睛像飛鼠般雪亮，我的心像湖水般明淨。而我的視線，則緊緊跟隨奶奶那雙布滿皺紋的雙手，迷離恍惚中，我彷彿瞥見某個神祕又神聖的角落。

祈福儀式完畢，奶奶匆匆忙忙進了廚房，端出她剛做好的午餐，午餐很豐盛，每一樣看起來都很可口，奶奶說她所使用的食材大部分都是新鮮現摘，吃了保證讓我健康長大。

老爸好像很喜歡吃奶奶做的菜，胃口顯得特別好，他吃了好幾碗飯，喝了好幾碗樹豆湯，跟奶奶說這是他最懷念的味道。奶奶又夾了一塊自己做的小米糕給老爸吃，只見老爸大口大口嚼著，露出了無比滿足的神情。在奶奶眼裡，老爸像是個永遠長不大的小孩。

吃飽飯後，老爸跟奶奶一起到後院的菜園裡去散步，我聽到他們用布農族語講了一些我聽不懂的話。老爸和奶奶聊完天後，坐在客廳的木椅上閉目養神，奶奶帶著我四處逛逛，看看她的花園與菜圃，最後來到我要住的房間。我的房間陳設很簡單，沒有床，石子地板上鋪了一席厚厚的墊子，上頭鋪著一張薄薄的草蓆。房間的角落有一張小小書桌，桌旁一根掛衣服的木頭桿上空蕩蕩的。

山風隨著一陣白花花的霧，從窗外飄了進來，像天然的冷氣。

我從房間的窗口望出去，看到一隻老鷹盤旋在山谷中。老鷹張開了大大的翅膀，以極快的速度飛掠天空，睥睨著大地，看來既豪氣，又孤傲。

「小典，爸爸要走了！」老爸的聲音打斷了我的思緒。

「怎麼這麼快？」我趕忙走出房門，老爸定定的看著我，對我說：「好好待在這裡跟奶奶生活一陣子，對你一定有幫助的。還有，王老師希望你能在這裡靜下心來反省，我跟他拿了一星期的功課，你要記得寫，不會就去問部落裡的林老師，她是我們部落裡最有學問的人之一，絕對沒問題的啦！」老爸向來是個樂天派，而他的樂天總在無形中引領著我，雖然我的內心仍然有一些失落感。

緊接著老爸離去的引擎聲，前方樹林裡傳來啾啾的鳥鳴聲。
「那是山麻雀。」在一旁的奶奶說。「這裡有很多都市裡見不到的小動物，他們的精神可好的呢！」
一聽到「小動物」這三個字，我不知不覺振奮了起來。在強烈好奇心的驅使之下，我迫不及待的想進去山裡尋寶。
「想進去山裡是不是？走，先陪我去山裡採山蘇！」奶奶怎麼像是有讀心術似的，一眼就看穿我的心思。
走進山裡，奶奶帶我走了一條很陡的山路，成四十五度傾斜的山路，我簡直是寸步難行，只好手腳並用，匍匐前進，而走在前方的奶奶，卻頭也不回的，一溜煙消失得無影無蹤。
當我還沒「爬」到半路，弄得渾身都是泥巴的時候，瘦瘦小小的奶奶竟然已經手提了一大袋的山蘇，又重新出現在我眼前，把我嚇了一大跳。

奶奶實在太神了，我懷疑奶奶是否有偷偷練過「輕功」？怎麼在奶奶面前，我感覺自己平時引以為傲的體能，都成了微不足道的雕蟲小技了？

下坡的路上，我看到一隻飛鼠從樹上跳了下來，他好奇的打量著我這位陌生的朋友，我和他不過相互凝視了幾秒鐘，連看清他的長相都來不及，他已經一閃不見，然而他的眼神，卻若有似無的印在我的心底。

山上的夜似乎來得比較早，我一個人在房間裡寫了造句簿，又算了幾題小數的除法後，就上床睡覺了。我躺在軟軟的草蓆上，想著今天在山裡遇見的那位新朋友——飛鼠。不知道為什麼，我覺得被他看見是一件很幸運、很榮幸的事情，我很喜歡這種「被看見」的感覺。

我曾經養過一隻螳螂，當我一望向他，不管從哪個角度，他都在看著我。後來我才知道，螳螂的複眼中有一個黑點，叫做「偽瞳孔」，會讓人覺得螳螂好像一直盯著自己看，因為「偽瞳孔」是跟著人的視線移動的。

不管如何，我覺得只要被任何一隻動物朋友看見，都是一種幸運。在都市裡大部分的動物看到人類，不是落荒而逃，就是拔腿快跑，讓我覺得人類是一種很不受歡迎的動物，就像小狗身上的跳蚤一樣。

不過一講到螳螂，還有一件為人所津津樂道的事。今年美國職棒的皇家隊，在對戰藍鳥隊的時候，一隻螳螂飛進外野手伯恩斯的帽子，從此皇家隊接連獲勝。這隻不怕生的螳螂，被命名為「集氣螳螂」，給皇家隊帶來好運，已經成為皇家隊最受歡迎的寵物，也是最愛的吉祥物。

我想，當螳螂飛進伯恩斯的帽子時，伯恩斯應該也有受寵若驚的感覺吧！

此刻的我，真的很渴望好運的降臨。

12

陽光最先
照射到的地方

瓢蟲：可愛的小瓢蟲，竟然是布農族的祖先？在日本，瓢蟲有另外一個名字叫做「天導蟲」，意思就是引導天的蟲。在歐洲，據說瓢蟲也是帶來好兆頭的蟲。

奶奶的生活真的很規律，天黑沒多久就上床睡覺，天還未全亮，就起床幹活。一大早，我還未睜開眼，就聽到她在後院裡修剪花木的聲音。

這聲音變成了山裡的起床號，把我從一片朦朧睡意中喚醒。我飛快的漱洗完畢，循著聲音來到後院，隱隱約約看到奶奶正蹲在一片矮矮的小樹叢中。

「奶奶，早！」我大聲的喊著。以往，我走進教室裡，也會這樣大聲的跟老師問早。

「噓！」奶奶將食指擱在嘟起來的嘴巴上，用很輕很輕的聲音說：「趕快，來看……」。我快步走過去，我想奶奶一定是發現了什麼。

我看到好幾隻異色瓢蟲，在繡線菊的葉片間，爬來爬去。

「現在天氣漸漸轉涼，他們又出來活動了。」奶奶說。

沒錯，瓢蟲只要氣溫一升高，他們就會停止活動，進行「夏眠」。看來奶奶跟這些「小朋友」也滿熟的嘛！

「小典，別看輕了這些小瓢蟲，他可是我們的祖先哦！」奶奶說。

「我們的祖先？」我露出了不可置信的表情。

我自認為自己是「昆蟲小達人」，對許多昆蟲的習性可是瞭若指掌，但是瓢蟲是祖先之說，還是頭一回聽到。

奶奶看我一副不相信的樣子，用手指頭用力的點了點我的腦袋。

奶奶選了花圃旁的一塊石頭坐了下來，正經八百的跟我說了這樣一個故事：

「很久以前，一朵黃金色的葫蘆花瓣裡爬出一隻小瓢蟲，瓢蟲慢慢變成一個小男孩，但男孩太孤單，向太陽乞求一個玩伴。太陽給男孩一只陶壺要男孩燒熱，結果陶壺出現一名女孩，男孩和女孩後來生了很多小孩，他們的後代就叫做『Bunun』（布農）。」

「原來我們跟瓢蟲這麼親啊！奶奶，這故事好聽，再來一個！」奶奶瞧我聽得眼睛發亮，又興致勃勃的講了一個故事：

「Min-pakaliva（太古時代）時期，天上有二個太陽，輪流照耀大地，所以沒有白天黑夜之分，人們每天都熱得不得了。有一天，一對夫妻到耕地裡工作，他們把幼小的小孩放在一旁的Taluhan（耕地的茅草寮），夫妻耕作到一半休息時，發現小孩竟然不見了，只看見地上爬著一隻蜥蜴，原來他們的小孩因為太陽太炎熱而變成了蜥蜴。父親生氣極了，想找太陽報仇，於是帶著大兒子去射太陽。」講到這裡，奶奶停頓了一下，清了清喉嚨。

「後來，兒子射中了太陽的眼睛。太陽很生氣的說：『你們真不知感恩，你們每天的生活都是我們太陽所賜的，萬物的生育也都須靠我們，你們不思圖報，還責怪我們……。』父親聽了之後感到很愧疚，隨即用Kuling（男胸袋）為太陽擦拭傷口，而那被射中的太陽變成月亮，我們現在看到的月亮陰影，即是當時用那塊Kuling擦拭後的傷口。」我緊接著說。

「你怎麼知道？」奶奶驚訝的看著我。

「這個故事我知道，爸爸有跟我說過。」

聽我這麼一說，奶奶顯得很開心。

「還有啊，你知道嗎？我們『武陵』這個村落，在日本人統治的時期，叫做『明野』，就是陽光最先照射到的地方。」

「對耶！我發現這裡的太陽真的比較早起。」

「小典真聰明，一點就通！」奶奶笑了笑，眼珠子一轉，牽起了我的手說：「走！趁現在太陽不大，跟我到山裡採果子，不然晚一點就要被曬成蜥蜴了！」

在微微的晨曦中，我和奶奶再度走進山裡，這次奶奶選了一條坡度比較緩的路，跟著我慢慢的往上走。走沒多久，看到幾棵瘦瘦高高的樹。

「這樹叫做小葉青剛櫟。」奶奶話一說完，拍了拍樹，親切的和樹打招呼。打完招呼後，奶奶躍上了樹幹，用一隻腳先勾住樹，借力將自己舉起來，接著一步一步的往上爬，沒兩三下，就到達樹頂了。她一口氣採了好幾顆果子，往下一丟，對我喊道：

「小典，接好！」我像個小小捕手，一連接住了五顆，真不知道是奶奶的擲準技術太好，還是我捕球的技術太好。奶奶的動作相當靈活，看起來一點也不像是七十歲的老人。丟完「球」的她，像隻猴子般，敏捷的爬了下來。

「換你！」我就等奶奶說這句話，我剛剛看到奶奶爬上了樹，我也有一股想爬上去的衝動。一開始，奶奶先示範動作，要我一步一步跟著，我手腳抓不牢，滑下來好幾次。但我不想放棄，又試了好幾次，最後終於爬到樹頂，雖然我的動作很緩慢。

「奶奶，我會爬樹了！」奶奶一看我爬上去了，在底下又是鼓掌，又是叫好，比我還要興奮。

我們成果頗豐，一共採了十幾顆果子。採完果子後，奶奶在樹旁邊坐了下來，凝望著樹，說起話來，像老友般交流著情感。

過了許久，奶奶將果子用大片的樹葉包起來後，牽著我走下山。回到家，她從後院拿出一些細細的小樹枝，再將一根樹枝插入果子裡。

「你看！」奶奶用手轉呀轉，果子像陀螺一樣轉了起來。

「哇！」我興奮的叫了起來。

「小典，你如果在山裡覺得無聊，就打打陀螺吧！」奶奶又做了一根陀螺給我，對我說：「我們布農人打陀螺是有意義的，陀螺轉得越快，就代表小米長得越快速。」

我接過了陀螺，學著奶奶轉起陀螺，口裡念著：「陀螺陀螺，轉啊轉，轉出一片小米田！」奶奶在一旁看了，呵呵的笑個不停，眼睛彎成了美麗的弦月。

其實我在山裡一點也不覺得無聊，這山裡新鮮有趣的事物太多了，有太多東西引起我的注意。

我除了聽到蟲鳴、鳥鳴，還聽到了蛙鳴。有一次，一隻渾身長滿疙瘩的蟾蜍跳進了屋裡，當我想要蹲下來仔細瞧瞧他的時候，他鼓起了鳴囊，嘓嘓嘓的叫著，那聲音聽起來有點像敲石頭的聲音，我便找來兩塊石頭，隨著蛙鳴的節奏敲打起來。我說過，我真的愛死節奏這玩意兒了。

某個午後，剛下過雨，山中一片水氣氤氳，我走進森林裡，用手觸摸著溼漉漉的樹身和葉片，感覺自己渾身都沾滿了青草的氣息。長長斜斜的光線照進林子裡，我看到一塊大石頭裂縫的圖案，染上彩虹般的螢光，活像一幅纏繞畫，我想這是老天爺最美的傑作了。看著看著，我不自覺想起了陳曉青畫畫時專注的神情。

一天晚上，林子間傳來「嗚嗚～啊嗚～」的聲音，我越聽越害怕，無法入睡。

無助之時，我想起了媽媽，差點掉下了眼淚。撐了一段時間，我終於鼓起勇氣，離開被窩，衝到奶奶的房間裡，大喊：「奶奶，有鬼！」

奶奶被我驚醒，揉著眼睛說：「什麼鬼啊？」

「樹林裡有鬼！」

「走，我們抓鬼去！」奶奶二話不說，馬上起身，拿著手電筒，帶我走進樹林裡，我害怕的躲在奶奶後面。

當我們靠近聲音的來源時，發現聲音是從一個黑暗的樹洞中發出來的，樹洞中住著幾隻貓頭鷹，露出炯炯的目光，瞪著我們。

奶奶告訴我：「夜裡空氣比較冷，聲音傳得比較遠，加上山裡很安靜，所以才可以聽到貓頭鷹的聲音，別怕啦！」

貓頭鷹？沒想到我能在山裡遇見貓頭鷹！重要的是，我剛剛又「被看見」了！

在山裡，有說不完的體驗，每一個體驗都觸動著我。我曾經在書裡讀過這麼一句話：「太陽光一旦照耀了，連塵埃都是亮的。」我漸漸的愛上山裡的生活，山裡的陽光。在山裡，我覺得自己就像是一隻喜歡往高處爬的小瓢蟲，不停的往上爬，爬到天空裡去！

13

跑成一陣風

蜜蜂：是一種高度社會性昆蟲，單獨的個體無法長期存活，整個蜂群由許多個體所組成。愛因斯坦曾說：「如果蜜蜂從地表上消失，人類活不過四年。」

一個慵懶的午後，下起了一場雷陣雨。我一邊打著陀螺，一邊聽著滂沱大雨敲打在石板上的聲音，像聽一場盛大的節奏音樂會。奶奶在屋內忙東忙西的，直到雨停，她說要帶我一起去參加部落裡的聚會。

她拿出一個葫蘆形狀的水壺，裡頭裝了滿滿的水，掛在我的肩上，又用一塊布包了好幾塊小米糕，繫在我的褲帶上。對我說：「從這裡走到部落中心，大約要半個多小時，沿路要記得補充水分與體力。」

我跟奶奶走到外頭的馬路，沿著一戶戶人家往前走去。下過大雨的山顯得迷迷濛濛，濃濃的雲霧垂得很低，像替冷冷的山圍上了暖暖的圍巾，風一吹來，那白圍巾就飄起來了，飄進更遠的山裡。

在通往「明野橋」的路上，兩側有著一幅幅用石片堆砌起來的壁畫，畫的正是射日的神話。走到了明野橋，橋上矗立著灰撲撲的橋墩，看起來像是已經站在這裡很久很久了，橋下清淺的鹿寮溪潺潺流過，一顆顆躺在河床的小石頭被溪水刷洗得亮亮的。

走著，看著，不知不覺我和奶奶已經走了好長一段路程，來到了部落的中心。

大家圍坐在中心的廣場前，一個穿著白色長背心，頭戴山羌皮帽的老人，走到中央跟大家報告部落的近況。

「他就是我們族裡的長老。」奶奶小小聲的說，「我們這裡的祭典，都是由他主持的，他還會觀察天象。」

雖然長老報告的內容我聽不太懂，但我可以感受到他的話語所帶來的溫暖。長老報告完畢後，接下來是表演節目。一場由小孩表演的歡樂舞蹈過後，有八位族人上台合唱，他們圍成圓圈圈，雙手靠在同伴的腰際，逆時針走著圈圈，唱著一首沒有歌詞的歌。這八個人唱的音調不太一樣，卻異常的和諧，從低音域一路拉升到高音域，音域越高，音階越多，歌聲越來越清揚，直入雲霄。聽著聽著，我忍不住開口跟他們一起唱和。

「一開始是四部，後來就變成八部，這是我們布農族的『八部合音』，也是祈禱小米的豐收歌，歌聲越好，天神就越高興。」奶奶一邊用雙手打著拍子，一邊對我說。「傳說中，是蜜蜂教我們唱這首歌的。」

「蜜蜂會教人唱歌？」

「我們的祖先，有一次打獵時，發現一棵巨大的枯木橫躺在地上，巨木中間是空的，這時成群的蜜蜂（linmo）張開翅膀，在中空的巨木裡面嗡嗡共鳴，我們的祖先興奮得不得了，因為他們從來就沒有聽過這種美妙的聲音。於是他們將在山中聽到的音響，模仿唱出來，加上族人個個都是合唱的能手，於是代代相傳下去。」

「真有趣！」我想這是我聽過最特別的音樂會了。

「小典以後也要傳唱下去哦！」奶奶直視我的眼睛，鄭重的對我說。

「那有什麼問題，我最愛飆高音了！」我拍拍胸脯向奶奶保證。

表演過後，大夥兒便一起坐下來吃吃喝喝，愉快的聊著天，直到天邊的太陽漸漸西沉。奶奶將我已經空了的葫蘆補進新鮮的山泉水，就帶著我走上回家的路。路途上，我試著唱出「八部合音」的曲調，但怎麼唱都覺得不像。

「這首歌要大家一起唱才好聽，一個人唱是不好聽的，以後你要記得找人跟你一起合唱。」奶奶說。

走著走著，奶奶帶我走進一座山谷，山谷裡有一片草原，一看到一望無際的草原，我興奮的奔跑起來，跑了幾步，腳上的涼鞋壓在一株株青草上發出了嘶嘶的聲響。

「小典，脫掉你的鞋，奶奶小時候都不穿鞋的！」奶奶在後頭喊著。

聽奶奶這麼一說，我迫不及待脫掉涼鞋，繼續向前奔去。

「小典，數一下自己的呼吸，慢慢跑。」一聽到奶奶這麼說，我放慢了速度。

我一邊跑，一邊感受著腳底碰觸到青草的感覺，有點刺刺的，又有點癢癢的，但是，真的很舒服！我抬頭望向天空，這時雲兒又聚攏了過來，像是一隻隻綿羊，踩著輕輕的腳步，在天邊留下了一個個蹄

印。

我第一次感覺到不穿鞋也可以這麼舒服。

我想起以前媽媽有時候會帶我到校園的操場跑步，

媽媽希望我能一次跑到八圈，才有足夠的運動量。黃昏時操場是總是特別多人，有戴著計步器走路的大人，有牽著小狗奔跑的小孩，我總是努力的數著自己跑的圈數，盼望能達成媽媽為我設下的目標。

但是在這裡跑步，我不用數八圈，也不會聞到擦身而過的阿姨身上刺鼻的香水味，這裡有著滿到要溢出的純淨空氣。我只是跑，我不用努力追上誰，用生命中最快樂的速度跑著。記得媽媽買給我的一片CD裡有這麼一句歌詞：「你不需要氣象員告訴你風往哪個方向吹」，以前我不懂它的意思，現在我明白了，因為我跑成了一陣風！

不知道跑了多久，奶奶叫住了我。我停了下來，再度仰望遠方，一縷縷小蚯蚓般的白霧從山腰鑽進另一座山腰，慢慢的，形成一片雲海，真是美極了！就在我心醉神馳之際，奶奶催促我上路。

回程，我們又經過了明野橋。這一次，我們在橋上停了下來，一起看著不斷流動的溪水，靜靜聽著涓涓的流水聲。

溪水流過大大小小的石頭，我仔細一瞧，這些石頭每顆形狀、顏色都不太一樣，有的灰，有的白，有的棕，有的綠，有的甚至夾雜多種的顏色。

「走，我們去溪裡玩水！」奶奶真是超級無敵大靈通，她每次都說出我心底的話。我覺得，奶奶跟我完完全全屬於「同一國」！

我們往下走去，走到溪邊，我再度脫下鞋子，奶奶要我在心底鞠個躬，對這條溪表示敬意，還囑咐我不能撿石塊打水漂，以免打擾了溪中的精靈。我和奶奶赤足走入溪裡，當溪水淙淙流過我的雙腳時，那感覺真是美妙得難以形容，我用力的將每根腳趾頭都張開。

「看！這裡有小蝦！」奶奶說。奶奶教我用雙手當小小的漁網，捧成一個小碗盆，讓小蝦跳進來。看到青綠的小蝦在我的小碗盆裡活蹦亂跳的，我不禁大聲歡呼。我放走一隻，又流進了一隻，可愛的小蝦在我的掌心中來來去去，最後全回到了溪水裡，有的與水流共游，有的鑽進了石縫裡。

我們再往上游走去，這裡的溪水較為湍急，奶奶緊緊的抓住了我的手，對我說：「慢慢走，把重心放低，看穩即將下放的腳點，練習專注。」我有點怕怕的，但我發現水一點也不怕我這塊「大石頭」，它從我的身旁輕鬆的繞過去了。而我雖然看不見要踩踏的石頭，可是只要我靜下心來，就可以伸出腳，踩出下一步。神奇的是，這源源不絕的水流，好像洗去了藏在我心中的小小憂傷。

我和奶奶就這樣在溪水中行走了好一陣子，走到水流緩和之處，奶奶才慢慢鬆開了我的手。看著越來越暗的天色，我們不得不急忙上岸。走在回家的路上，迎面的風吹乾了溼漉漉的我們。

14

蟬鳴似火

蟬：蟬能發出恍如「知了，知了」的聲音，又叫作「知了」。雄蟬腹部像蒙上了一層鼓膜的大鼓，其鳴聲特別響亮，活像一首抑揚頓挫的樂章。

夜淡墨似的暈開，一輪銀盤似的明月從雲層背後悄悄的升了上來。隨著秋天的到來，單一齊奏的高頻率蟬鳴聲越來越少，在這寧靜的夜裡，秋蟬的鳴叫，像清脆的鳥鳴聲，聽起來十分的悅耳。

我待在房裡不知道要做什麼事，跑到奶奶的房裡。我和奶奶一起躺在木板床上，奶奶用她自己編織的蒲扇，幫我搧風，嘴裡唸著：「搧呀搧，把星星都搧涼……」然後，奶奶又開始講故事了。奶奶講的大部分是我們布農族的故事，有時候也會說一些其他族的故事，我很好奇，奶奶的腦袋瓜裡怎麼能夠記住這許許多多的故事。奶奶說了幾個故事後，對我說：「小典，你也來說說你的故事吧！」

「我的故事？」

「奶奶想聽聽發生在你身上的故事。」

我起身想了一想，跟奶奶說：「奶奶，我用演的好了！」

「好啊！」奶奶坐起身，露出了期待的眼神。

我把在學校發生的一些趣事演給奶奶看，奶奶用扇子掩面咯咯的笑，額頭上一道道的皺紋也隨之鬆開了。我拿起奶奶的扇子，演著演著，越演越起勁，加上誇張的動作和表情，不知不覺也把我的那一段「掉鞋風波」演給奶奶看了。奇怪的是，原本那令我覺得難堪又忿忿不平的事，經過一幕幕重演，也變得很好笑。演著演著，連我自己也忍不住笑了出來。

演完之後，奶奶突然問我：「小典，會想媽媽嗎？」

「偶爾，但我覺得媽媽現在應該很討厭我吧！」

「胡說！天下沒有一個『吉那』（布農族語，媽媽的意思）會討厭自己的孩子。還記得我跟你說的那個故事嗎？男孩燒熱了陶壺，結果陶壺出現一名女孩。對我們布農族而言，母親是用烈火，日夜不停燒出來的，而媽媽對小孩的愛，就像永遠不會熄滅的火。」

「可是媽媽覺得我是一個麻煩製造者。」

「其實，這幾天，你媽媽打過幾通電話給我，每次都問我你過得好不好。」奶奶停頓了一下，又說：「我都跟她說你過得很好，要她別擔心，可見她還是很關心你的。」

聽奶奶這麼一說，我的心不由自主的緊縮了一下。

「還有，你爸爸說，再過兩天要來接你回去了。」

「這麼快！」我數了數，我住在奶奶家就快一個星期了，老實說我喜歡山裡的生活勝過都市，我有一點不想回去了。

「奶奶其實也捨不得你回去，但是你還是得回去上學的。」

「我不知道要如何跟宋其諒那群人相處。」

「這世上本來就有許多不同的人，就像溪裡的石頭，沒有兩顆是一模一樣的，你要學會跟不同的人相處。沒有什麼事是過不去的，受過傷的太陽，傷口一旦被撫平，也會變成明淨的月亮。」奶奶慈祥的看著我說。

「就舉奶奶的例子來說好了，你爺爺過世的時候，我很傷心，我想自己可能也活不久了。但我想起你爺爺生前跟我說過的話，他說：『試著每天都跟老天爺，跟萬物說說話，日子會比較好過。』老伴說得一點也沒錯，我每天說著說著，覺得自己漸漸不孤單了。」說到這裡，奶奶的眼裡泛著淚光。

「奶奶想念爺爺嗎？」

「怎麼會不想？你爺爺對我很好，也教了我很多知識，他真是個令人難忘的好人。一開始，我很不習慣沒有他的日子。後來，我想起我們布農族人相信生命是由精靈組成的，精靈是可以暫時離開身體的，如果回不來，就會變成和他在一起的精靈一樣，像是人變鳥，人變彩虹一樣。」

「那爺爺變成了什麼？」

「我不知道他變成什麼，但我常常可以感覺到他的存在。當我照顧他生前種的百合花，我會跟花兒問聲好，請她好好長大；當我看他常抬頭望的那片天空，我會忍不住稱讚雲的模樣；當我走過我們牽手走過的小溪，我會感覺到他好像透過流水聲在對我說話。」

「這麼說來，爺爺並沒有真的死去？」

「是啊！爺爺跟所有的萬物一樣都具有生命精靈，而生命精靈是不會死的。」

聽奶奶這麼一說，我有一種莫名的感動。我點了點頭，和奶奶一起陷入沉思。

「奶奶，我一定要回去上學嗎？」不知過了多久，我打破了沉默。

「雖然奶奶也沒讀過什麼書，但自從遇到你爺爺之後，才發現讀書也很重要。你爺爺是學醫的，他幫助部落裡的人減輕了不少病苦。過去我們族人靠打獵維生，但是打獵在現在國家的法律被禁止。你爺爺告訴我，我們也必須接受知識，才能面對外在環境的改變。」說到這裡，奶奶悠悠的望向遠方，又說：「你爺爺說過一句很有道理的話：『知識是用來奉獻的，用來幫助更多的人。』」

「像你爸爸，偶爾都會回來這裡。有時幫忙祭典的事，有時幫忙建設。上一次的風災，部落裡倒了許多房屋，你爸爸就回來這裡幫忙蓋房子。奶奶也希望小典能多多了解我們的部落，再把布農族的文化傳承下去。小典如果真的那麼喜歡這裡，先好好讀書，長大以後再回來這裡幫助大家，也不遲啊！」

「就像蟬一樣先待在土裡一陣子嗎？」

「答對了！我就說小典很聰明，一點就通嘛！」

蟬的幼蟲在土裡蟄伏多年，要反覆蛻皮幾次才會長大，一出土羽化之後，就爆發他累積的能量，用力的唱歌。他，「寧鳴而死，不默而生」；他，展開透明的雙翼，就像是時間卸下的薄紗。我能感覺到他用鳴聲來傳達對世界的感知，用鳴聲跟著這個世界溝通，一聲聲「知了！知了！」像是在告訴你：他是知道的，是明白的。

從前，我總覺得蟬太過吵鬧。現在聽奶奶這麼一說，我倒覺得此刻窗外如燭火燃起的清亮蟬鳴，是一種對生命的至高禮讚。

15

一步一步向前走

尺蠖：尺蠖的標準爬行模樣如同我們一開一闔大拇指與食指，用兩指之間距離來測量物體長度，因此讓牠們會獲得「尺蠖」之名。

「小典，奶奶教你個手藝！」早上我們忙完後在院子裡乘涼，奶奶心血來潮的對我說。

奶奶帶我去山裡採了一些竹葉和芒草，回途中，我們又發現路旁有一些狗尾草，「這個也好用！」奶奶也一併摘採了。

「往下彎，再繞過來……」奶奶一個又一個步驟，教我用竹葉編了一隻蟋蟀，我覺得自己的手鈍鈍的，不像奶奶的手那麼靈巧，我試了一次又一次，終於編織出一隻「鈍鈍」的蟋蟀。接下來，奶奶又用芒草教我編螽斯，用狗尾草教我編蜻蜓，我也一步步學會了。

吃過午餐後，我就用我編的螽斯、蟋蟀和蜻蜓，在小小書桌上，想像自己是小小安徒生，正用自己親手縫製的布偶，演起小小野台戲。

傍晚時，我在前院逗弄含羞草，偷偷從窗子望向奶奶的小房間，看見奶奶沒睡午覺，斜坐在木床邊緣，靠著紙窗木門在編織東西。奶奶的手如飛梭來回，引進的陽光照在奶奶的身軀上，投射出一個大大的影子，剎那間，我覺得奶奶就是一個山裡的巨人。

奶奶在編什麼東西我也看不清楚，它尚未成形。我又走進屋內，想用手指戳破木門上的紙窗，看清奶奶手裡編織的東西，但是一想到戳破之後的洞口難以彌補，我又把手縮了回來。我在屋內踅來踅去，面對即將的離別，竟有一種莫名的傷感。

這些日子以來，我已經習慣山裡的生活步調。雖然每天都很悠閒，卻過得很充實，這座山教導我許多事情。在這裡，我覺得我可以好好呵護內心深處的夢想，至於是什麼夢想，我一時也說不上來，但我知道它很珍貴，也很美好。

我多麼希望我能擁有一個捕捉景物的網，把這幾天以來看過、聽過、聞過、觸摸過的一切，都網起來，帶回去之後再一股腦兒釋放出來，重新感受一次，不！是無數次！還有，我捨不得離開奶奶，如果可以，我也好想把奶奶一起帶回去。

這天夜裡，我隱約聽到從奶奶房裡傳來窸窸窣窣的編織聲音。

隔天一大清早，我一個人走到菜園，走到花園，走到後山，跟那些大大小小的「朋友」道別，我向他們行「注目禮」後，又跟他們說說話。

我和奶奶一起吃早餐的時候，奶奶不停打呵欠，想是昨晚沒睡好。飯後，奶奶領我到她的房間，從她的櫃子裡拿出一個用棉布包裹起來的東西，要我打開來看。我打開一看，是一雙草鞋！

「這可是奶奶日夜趕工出來的。這種草鞋，軟到不會失去自己的模樣，硬到不至於破裂，與人相處也要像這樣，軟硬適中才好。你穿穿看吧！」我喜出望外的穿上奶奶親手編的草鞋，走了幾步，憶起那天赤著腳在草原上跑步，腳底那奇特的觸感。

「這草鞋穿起來好舒服，好透氣啊！」奶奶徒手編出這雙大草鞋，一定花了很多心力。

「小典就穿著這雙鞋，慢慢的走，好嗎？」奶奶慈祥的對我說。

「嗯！」我用力的點了點頭。

一陣熟悉的引擎聲從門外傳來，一定是老爸來了。

「吉那！小典！」老爸露出陽光般燦爛的笑容。

媽媽尾隨在老爸後面，走了進來。媽媽一看到我，顯得有些激動，

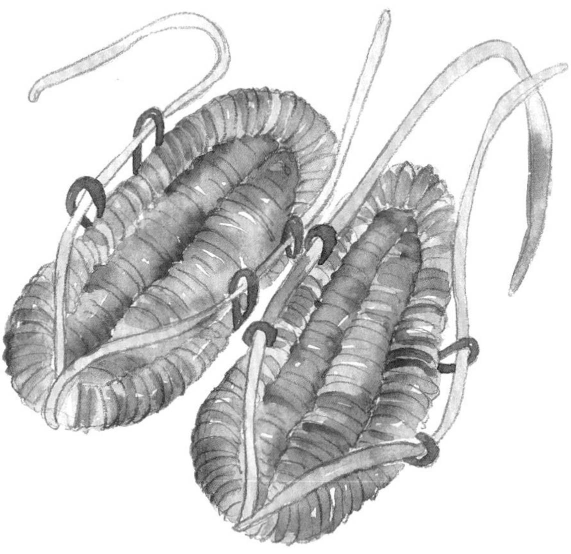

她凝視了我好一會兒，才對我說：「小典，你不在的這段時間，我跟你爸爸聊了很多，也想了很多。」媽媽清了清喉嚨，壓低了聲音對我說：「一直以來，我急著要你變成我心目中理想的樣子。」

我半瞇著眼睛看著媽媽，對她說：「那我們一起慢慢來，好嗎？」

媽媽莞爾一笑說：「今天晚上，我就帶你去買一雙新鞋。」

「可是我想先穿一天的草鞋去上學。」我猶豫了一下，看了看我腳上的草鞋。

「為什麼？」媽媽隨著我的目光，看到了我的草鞋，皺著眉頭問。

「穿草鞋好，我也穿過草鞋上學，想我小時候還是個『草鞋狀元』呢！別小看它，挺耐穿的。」老爸在一旁打趣的說。

「我想穿這雙草鞋邊走邊想，這可是一雙『有道理』的鞋。」我說。

「『有道理』的鞋？」媽媽聽得一頭霧水，奶奶在一旁點頭微笑。

媽媽又回車上抱出了一大箱各式各樣的家用品，還有一大袋營養補給品要給奶奶。奶奶說其實有些她都用不著，像是洗衣粉、清潔用品這類東西，她都用蔬果發酵、手工製作，既省錢又不會污染環境。

走出屋門，我不時的回頭看著奶奶，奶奶看到我依依不捨的樣子，對我說：「你放心，奶奶會過得很好，我相信小典也會過得很好。」

在車上，我問老爸會不會擔心奶奶，老爸說他也會。不過再過幾年，他就要從建築師的職位退休了，他會搬回來陪奶奶一起住，繼續幫忙建設這村子。他說現在村子裡有一些族人住在簡陋的鐵皮屋裡，一遇到刮風下雨就搖搖欲墜。而傳統的手工屋是用一磚一石，或竹或原木，用心思慢慢雕琢打造出來的，慢工才能出細活。這種房子是「從土地裡長出的房子」，是「會呼吸的房子」，在這個凡事都講求快速的時代，我們忘記了這些台灣本土的房子。

我和老爸聊著這個禮拜的生活，老爸也告訴我他小時候的一些趣事。媽媽在一旁靜靜的聽著，她說她發現我們兩個還真像呢！我又告訴媽媽奶奶對我說過的一些話，我們聊著聊著，不知不覺就回到台北的家了。

一進家門，我小心翼翼的將我的草鞋安放在鞋櫃裡，想起在山裡曾看過的一隻尺蠖蛾幼蟲：「尺蠖蟲」。他爬行的樣子跟一般的昆蟲不一樣，他前進時背會先凸起，往前滑一步時又凹下去，他就這樣一凸一凹、一步一步在我眼前行進，不會省略任何一個動作，慎重的走出自己的每一步。

我一直有個毛病，就是想到什麼就說什麼，愛幹嘛就幹嘛。美其名為直率，或是心直口快，事實卻是不用大腦。我記得王老師對我們說過：「亂說話的人，想怎樣就怎樣，那不叫做隨性，而叫做隨便。」如今仔細想想，確實有幾分道理。

現在，我要學會一步一步向前走，慢慢的走，邊走邊思考。

16

意外的訪客

螢火蟲：「小小螢火蟲，飛到西、飛到東，這邊亮，那邊亮，好像許多小燈籠。」
螢火蟲的卵產於水邊潮濕青苔或水草，甚至樹枝上，腹部末端會發光。

穿草鞋去上學，一定會有很多同學笑我，不過這次我不怕，因為我心裡裝滿了奶奶的祝福與愛。

如果宋其諒那群人再說什麼話來激怒我，我也不要生氣，我記得奶奶對我說過的話。

一早我一踏進教室，書包還來不及放下來，彭亞葳衝了過來。「點仔，你終於回來了！你不在的這些日子，我覺得好無聊……」看來彭亞葳應該沒在生我的氣了，我大大的鬆了一口氣。

當我跟彭亞葳聊到一半時，陳一緯跑過來插話了：「柳光典，聽說你回老家當『山大王』去了？」果不其然，陳一緯看到了我腳上的草鞋，招呼其他同學過來看，大家又哈哈大笑起來。

面對陳一緯的揶揄，我本來想馬上頂回去，但一想到奶奶對我說過的話，我想了一下，數了好幾下呼吸，不疾不徐的吐出幾個懶洋洋的字：「當山大王～可～可～有趣極了～」

「如何有趣啊？」陳一緯好不容易等到我這幾個字，繼續追問。

「山裡的寶藏可多哩……」我再想一下，話鋒一轉，緩緩講述我的山中生活。我講到精采之處，還學了幾聲貓頭鷹叫，把陳一緯唬得一愣一愣的，這時，宋其諒走了過來。他瞄了一下我腳上穿的草鞋，卻沒有取笑我，也沒有搭上任何一句話。他聽我講了一會兒後，又走回座位上，就像一片隨風而來的葉子，又無聲的飄回原地。

上課了，我坐下來。我一邊納悶著宋其諒這種「反常」的態度，一邊注視腳上的草鞋，我刻意將草鞋在地板上蹭了一蹭，感受奶奶所說的「軟硬適中」。這雙鞋，讓我特別有安全感；這雙鞋，好像能幫助我走出過去所有的陰霾。

「彭彭，宋其諒怎麼了？」一下課，我問彭亞葳。

「我也不知道，上個禮拜，他爸爸來學校找王老師談話，之後他就變了個樣。」

「那『電玩幫』呢？」

「王老師對全班命令，以後在學校禁止討論電玩的事了。」

我環顧了一下教室四周，果然從前聚集在一起談電玩的同學都不見了，他們好像到操場打球去了。

「下次我也帶一顆籃球來，我們再一起去打球。」

「好啊！」我很高興，彭亞葳能不計前嫌，跟我和好如初。

我和彭亞葳走出教室，邊走邊聊。操場旁立著一棵棵楓香，風來了，就伸出火紅的手掌，劈哩啪啦的鼓起掌來，像在歡迎我這位老朋友。我任草鞋踩在鋪滿落葉的泥地，發出沙沙沙的聲響，腦海浮現蘇東坡那首有名的〈定風波〉詩句：「竹杖芒鞋輕勝馬……」嘿！穿著草鞋的我，步履竟然特別輕快，感到自己格外瀟灑。

以前我走在泥地上，都會邊走邊踢小石子，現在我覺得踢小石子這種動作，既愚蠢又沒禮貌。幾個眼熟的低年級小朋友們，一看到我穿草鞋，又改口叫我：「草鞋大哥哥！」彭亞葳一聽，噗嗤一聲笑了出來，我聳了聳肩，表示無所謂。我彎下腰去摘了草叢中幾片較長，比較有彈性的葉子。

「這要做什麼用？」彭亞葳問我。

「以後你就知道了。」我故作神祕的說。

我們走呀走，不知不覺走到當初「丟鞋」的老榕樹旁，我抬頭一望，天啊！

我左腳的那隻球鞋仍然還卡在上頭。歷經風吹雨打，它竟然能「如如不動，不去不來」，像是老僧入定般，直達「如來」的境界了？好吧，我就讓它在上面繼續當個神仙好了。

正當我想得出神的時候，陳曉青追了上來，打趣的問：「點仔，你在山裡，有達成你的願望嗎？有飛到火星去嗎？」

「管他飛到哪裡去，我在山裡，就像『炫風小子』一樣快活！」我驕傲的說。

「真的假的？」陳曉青一聽我這麼說，露出極為羨慕的眼神。

在《海蒂》的影片裡，當海蒂剛被接到城市裡照顧克拉拉時，她好落寞，因為她打開窗子時看不到山，她發出了一聲嘆息：「山呢？」

「山呢？可惜這裡看不到山。」我對陳曉青說。

「這裡只有水泥山啦！改天帶我去你山上的老家玩，拜託拜託。」陳曉青央求著我。

「沒問題！」我爽快的答應了，因為我覺得陳曉青能了解我的感覺，也認同我的感覺，我依稀記得我們是屬於「同一國」的人。

很久沒來上學了，我有些「水土不服」，不過還好有彭亞葳和陳曉青的陪伴，讓我不至於那麼落寞。

學校的日子，像鐘聲般穩定而規律，卻少了點點的驚喜。我上課時，常常想起那一片山林，常常想起在山林裡的奶奶。有時我坐不住的時候，就在底下偷偷編織我的蟲蟲，我在腦海中重溫奶奶的教法，一來一往，慢慢的將回憶織滿。

直到有一天，「報馬仔」廖承先帶來一個意外的消息。

「柳光典，竟然有一隻鳥躲在你的球鞋裡！趕快來看！」

廖承先聲音的頻率很高，他只要稍微一用力說話，全班都聽得見。一

群人包括我在內，衝到了司令台旁的老榕樹下。

我抬頭一看，一隻眼睛四周繞著白眼圈、身穿青綠色羽衣的小鳥，窩在我的鞋裡，陽光穿過叢叢的葉片，為牠鑲上珍珠般的光點。牠好像發現我們在注意牠，伸長了脖子發出了「唧～唧～唧」的鳴叫聲。

「是綠繡眼！」我叫道。

彭亞葳說，全校只有我的球鞋夠大，大到能裝下一隻小鳥。因為這隻小鳥，我開始喜歡自己的大腳丫了。

從此，這位意外的訪客，成了校園裡的明星。小朋友下課時會來看牠，老師們也會帶同學來看牠，順便上一上戶外的自然課。而我的球鞋，也因此聲名大噪，大家好像把之前的「掉鞋風波」，忘得一乾二淨了。

有時我走在校園裡，就有同學過來跟我打招呼。

「你就是『鞋巢』的主人：柳光典，對不對？」

「你把球鞋送給『小綠』，你好大方哦！」一個低年級的小妹妹這麼對我說。

班上的同學也開始對我「刮目相看」，他們把這隻鳥和我的鞋當作是六年三班的光榮與驕傲。

一傳十、十傳百，這隻鳥和我的鞋，變成了校園裡的「亮點」，而我，也沾了他們的光，變成一個「光點」了。天氣越來越冷，我每天下課都去看看小綠，只要看到牠安好的待在我溫暖的窩巢裡，就覺得很安慰。說來奇妙，小綠變成了我心中的一個小希望，那希望也像一個光點一樣，在我心中閃耀。

吃晚餐的時候，我跟媽媽說，我想改名叫「光點」，當個小光點，壓力比較不會那麼大。媽媽笑著說：「還不是都一樣，許多小小的『光點』累積起來，不就成為『光典』了，『光的盛典』啊！」

老爸看到媽媽得意的樣子，對我們說：「好啦！你們少在那裡咬文嚼字了。小典，你每天努力發一點光，不就得了？」

「發光？像螢火蟲一樣嗎？」我瞪大了眼睛看著老爸。

提燈的小小螢火蟲，看起來好似渺小，但一旦聚集起來，就像迸裂的月光，可以照亮整座山谷。

看來媽媽真的給我起了個好名字。

17

描摹時光

螞蟻：最早在一億三千到一億一千年前的白堊紀中期就出現了，牠們是世界上種類最多、數量也最多的昆蟲，牠們也是世界上少數的社會性昆蟲。

我的鞋，幫助小綠度過了寒冷的冬天。

春天來了，小綠常飛出窩巢，站在樹梢上發出「吉利！吉利！」的鳴叫聲。大家都說小綠是校園裡的吉祥鳥，會給大家帶來好運，只要站在老榕樹下，多聽聽他那翠笛般的鳴叫聲，保證能把煩惱拋到九霄雲外。

朝會時，大家總會情不自禁的望向司令台旁的那棵老榕樹，尋找小綠的身影。

有一天，小綠啣來一些草莖，鋪在我的球鞋裡。

「小綠要在鞋裡生寶寶了！」這消息像大風吹起細沙，在校園四處飛傳，同時也傳到了校長室。

我們校長是個「自然人」，以前任教自然科，他認為綠繡眼在鞋裡築巢下蛋這件事，是難得而珍貴的教材，於是他在二樓靠近老榕樹的窗台上，架了一台數位攝影機。

小綠的生活情況，被錄影下來，並連線到圖書室的電腦裡，以大螢幕的方式做現場直播。每到閱讀課，老師們帶小朋友上圖書館，就會順便到木質地板區，坐著觀看「小綠育雛記」。一到下課，進入圖書館的人數暴增，擠得圖書館水洩不通。有一天，王老師對我們全班說：

「校長想要架設一個『自然觀察』的網站，把小綠的生活記錄在網頁裡，他想要徵求觀察記錄和編排網頁的同學，有沒有人自告奮勇啊？」

王老師此話一出，大家在底下交頭接耳，但沒有人敢舉手。

就在我猶豫不決的時候，王老師直直的看進我的眼裡，對我說：「柳光典，我先前要你寫的罰抄可免，但你要幫忙大家寫觀察紀錄。你一向對小動物很有興趣，文筆也不錯，小綠又在你鞋裡築巢，你是不二人選。」

「好耶！」廖承先首先鼓掌叫好，全班同學也紛紛鼓掌表示贊同。

「我們還需要一位架設網站的同學，這位同學的資訊處理能力要很好。」王老師又接著說。

「老師，我來好了！」宋其諒舉手了。

「好！宋其諒，就是你！你必須跟柳光典合作，貢獻一下你的才華。」老師的嘴角上揚，看來宋其諒早已在老師的口袋名單裡了。

宋其諒是我們班的「電腦高手」，資訊課的成績總是名列前茅，他確實是負責網站的最佳人選，但一想到要跟他合作，我就開始頭皮發麻，很想大喊一聲：「不要！」不過我深吸了一口氣，忍了下來。

「老師，還有我，我也可以幫忙！」陳曉青也舉手了。

「妳能幫什麼忙？」

「我能幫忙畫畫啊！」陳曉青從抽屜裡拿出一本畫冊，展示給老師和全班同學看。「我每天都會去圖書館看小綠，邊看邊畫。」她一邊說，一邊翻著畫冊，我看到不同樣子的小綠，有張著翅膀的小綠，有窩著沉思的小綠，有開口唱歌的小綠，每一隻小綠都有著豐富的表情。

「畫得真好！」王老師笑了，眼睛瞇成一條線。

「老師，我也可以幫忙！」彭亞葳也舉手了。

「你能幫什麼忙？」

「我可以負責照相，我家有一台多功能的單眼相機，我爸爸有教我攝影的技巧。我拍好相片，再請宋其諒上傳。」

「太好了！」有這麼多人願意幫忙，此時的王老師笑得合不攏嘴了。

有了彭亞葳和陳曉青來助陣，我像吃下了一顆定心丸。一到下課，我就拿著筆記本，跑到圖書館寫「小綠日記」。我也會到老榕樹下，蹲在它蔓生的粗根旁，抬起頭尋找小綠的身影。當我我透過層層疊疊的枝葉，窺見奇異的天光，我發現了一棵完全不一樣的老榕樹，一棵我從沒看過的樹，一棵全新的樹！它突然變得好高好高，直達天際，數不清的氣根隨風顫動，傳達著某種訊息。它既嚴密又壯碩，就像精靈的宇宙般深不可測。神奇的是，置身在這宇宙，時間如真空靜止。

我偶爾也會在放學後，偷偷爬到老榕樹上，鑽進茂密的樹叢中，跟小綠說說話。當我跟小綠說話時，他總是睜著圓碌碌的眼睛看著我，搖晃著小小的腦袋，回我幾聲婉轉的鳴叫聲。碎花般的陽光同時灑落在小綠和我的身上，暖洋洋的，我感到有些小得意，我想全校應該沒有幾個人像我一樣會爬樹吧？

我記錄著小綠的生活點滴，發現自己跟小綠越來越親近，我好像能感受到他的心情，是喜還是憂，是冷還是暖。

從「蛋」（零）開始：（三月一日）

當小綠一離開「鞋巢」，一顆淡青色、小小的蛋露臉了，這顆蛋，正等待著他的父母以愛撫慰，這一顆小小的蛋，蘊含著未來無限的可能。

兩個孩子恰恰好：（三月三日）

過了二天，小綠又產下了一顆蛋。難道小綠也知道一個孩子太孤單，所以要兩個孩子比較有伴嗎？

孵蛋：（三月四日）

另一隻綠繡眼飛來了，他應該就是這顆蛋的老爸，他蹲下來斂著翅膀努力的孵蛋。偶爾，他會站起身來，巡查四周，像是怕有敵人來偷襲似的。

期盼：（三月六日）

小綠雖然沒有孵蛋，但他常常在老榕樹附近徘徊，即使飛走，也不會走遠。他偶爾會回來探視他的寶寶，他應該很期待寶寶的誕生。

破蛋：（三月十四日）

經過十二天的孵化，大寶終於破殼而出了，小綠高聲開口鳴唱。大寶看起來很脆弱，晶瑩剔透的皮膚水嫩嫩。小綠和他的伴侶，輪流餵流質食物給大寶吃。

圓滿：（三月十七日）

過了幾天，小寶也孵化了。小綠看著他兩個孩子成功的誕生，顯得很開心。他餵小寶吃流質食物，也飛出去捉蟲子回來餵大寶。

漸豐：（三月二十日）

粉紅色的大寶與小寶，身體有些部分漸漸轉黑，轉黑的部分正是長羽毛的毛囊。有時，小綠還會張開翅膀為寶寶擋住驕陽。

我就這樣一天天寫著我的「小綠日記」，而陳曉青也畫著她的「小綠日記」，有時我們會一起討論、兩相對照，我發現她的繪畫有時比我的文字更加傳神呢！而彭亞葳的照相技術也不是蓋的，有幾個特寫鏡頭，讓我們看了嘖嘖稱奇。

「網站架設好了，我要開始上傳你們的資料了。」有一天，宋其諒對我們說。

「走！我們一起去電腦教室欣賞你的網站。」彭亞葳提議。由於製作網頁需要時間，王老師特地開放午休時間讓我們來完成這件事。

我們一行四人，走進電腦教室，當宋其諒打開網頁時，我們都瞪大了眼睛。一開始的畫面，是一個長長的隧道，隧道的底端，是一扇光芒四射的七彩旋轉門。門一打開，小綠的影像浮現，他的鳴聲，像竹篩上跳躍的小豆芽，高高低低，此起彼落。接著，幾個斗大的字一個個蹦出來：「故事，從一隻會飛的鞋子開始……」

「點仔，你覺得我做得怎麼樣？我用 Hi-Learning 軟體編排出來的。」宋其諒突然問我，他已經很久沒這麼親切的對我說話了，我有些受寵若驚。其實我心裡覺得這個網站真酷，但一時語塞，說不出口。

接著，大家開始討論圖文、相片要如何在網頁中呈現，當彭亞葳跟陳曉青爭論不休的時候，我想起奶奶對我說的話：「你要學會跟不同的人相處。」我鼓起了勇氣，招呼宋其諒到門外，表示想跟他說說話。

「其實……你的網頁做得真不錯。」我呼了一口氣，對他說。

宋其諒面對我突如其來的讚美，顯得有些訝異。

他沉默了半晌，才開口對我說：「點仔，對於『藏鞋』那件事，其實我很早就想跟你說聲『對不起』了，只是當時我嚥不下那口氣。」

「哪口氣？」我問。

「輸你的這口氣。跳遠輸你，游泳輸你，自然永遠考不贏你。」

「你又不是樣樣輸我，除了體育與自然，你樣樣成績都比我好啊！」

「我以前就是想要樣樣都贏。其實當個資優生，也挺累人，我總是想要向別人證明自己的能力，但是我後來發現，我也有不如人的時候。」

「這世界上又沒有『完人』。」

「包括玩電玩這件事，我也想要成為頂尖的『玩家』。你不在的這段時間，我因為瘋玩『抓寶』，抓到三更半夜沒回家，我爸氣得差點把我抓到警察局去。前陣子，我還在上課時偷偷在底下『孵蛋』，每天像在做白日夢，連黑板的字也看不清楚了。」

「我看你不是玩它，而是被它玩了，你近視了吧？」

「視力只剩下0.2，還要戴超貴的角膜塑形片，一副要幾萬塊。因為這件事，王老師找我談了好久，我也把自己的心裡話都告訴老師了。」

「老師跟你說了什麼？」

「老師跟我說了一個故事：古時的韓信率領百萬大軍，戰必勝，攻必克，他在項羽手下，卻遭到鄙視。而劉邦沒有嫉妒韓信，他能欣賞韓信的本事，讓他握有軍事大權，韓信才能一展長才，協助劉邦建立漢朝。儘管韓信自命不凡，又有稱王的念頭，但他始終感念劉邦的知遇之恩，沒有背叛劉邦。」說到這裡，他停頓了一下，又接著說：

「我以前只是想藉著比賽，贏過別人，來證明自己很強。但老師告訴我，欣賞別人不是貶抑自己，應該藉由欣賞別人的亮點，觀摩學習，讓自己更上層樓。」

「那你欣賞我嗎？」我一臉狐疑的問。

「我不欣賞你，幹嘛跟你合作啊？」宋其諒拔高了聲音。

「其實你對自己太苛求了，幹嘛要求自己樣樣都強？這不是自找麻煩嗎？」

「後來我媽媽跟我說，她給我取這個名字是有意義的，她希望我能懂得原諒。所以我請求自己的原諒，對以前的自己說：不好意思，好像沒能成為你寄望過的那個人，以後的事就交給我吧～～」他吞了吞口水，又對我說：

「也請你原諒以前的我，好嗎？」

說到這裡，宋其諒露出了我從未見過、十分靦腆的笑容。我覺得有些小尷尬，搔了搔頭，笑著對他說：

「其實，我自己的脾氣也不是很好啦！」

教室內，彭亞葳跟陳曉青仍在爭論著：是圖畫擺在網頁上方，還是照片擺上方好呢？這時我們的「智多星」宋其諒走了過去，說：「這有什麼好吵的？兩個並列不就得了？」

忙碌的一天過去，我一回到家，只想好好放鬆一下。我拿出了我的樂高積木，疊啊疊，疊成了一隻酷斯拉，一隻沒有角的酷斯拉，因為我總是缺少幾塊積木。我靈機一動，把它拆了，再重新組裝，缺了角的酷斯拉變成了一台完好的跑車。我與宋其諒曾經失去的友情或許就像一度缺少的積木，如果我重新開始，還可以堆疊出不同的樣貌。也或許，我從來就不曾缺少過。

吃晚餐的時候，媽媽做了一道新菜，她偷偷瞄著我和老爸的表情。她看見我今天心情特別好，好奇的問我是何原因。我告訴她我跟宋其諒和解的過程，她聽著聽著，對我豎起了大拇指。我又跟媽媽說，我很喜歡跟同學一起合作的感覺，其實我們從小看到大的螞蟻，應該是最會合作的動物了，但我們卻常常忽略他的存在。

在蟻巢中，螞蟻將種子的油質體剝掉以後，就把種子丟到垃圾堆裡，種子還可以在垃圾堆中發芽。種子這樣埋起來後，就不會被鳥類等掠食者發現，比起其他沒有被螞蟻合作搬運的種子，生存機會更大。

螞蟻也常被其他小生物寄生，聰明人不吃虧，但螞蟻卻願意吃虧。螞蟻在給予弱勢照顧和關懷後，自己不但不損失，還讓自己的生存更趨穩定，因為他們豐富了生物的多樣性。人類自認為是萬物的主宰，但這世界如果沒有了人類，生物圈仍然能夠生生不息；而如果沒有了看似弱小的螞蟻，生物圈是否能夠完好如初呢？那可不一定了。

18

不停的飛

紫斑蝶：如果要在長距離馬拉松比賽中選出高下，南遷過冬的紫斑蝶絕對首屈一指。對於紫斑蝶的能耐，不要再吝嗇給牠們一些掌聲了。

當我們將所有資料都擺放設計好之後，決議將這個網站取名叫做：「光點小綠」。我們每天持續更新網站的內容，王老師將這訊息在教師晨會上傳達給校長及老師，極力推薦全校的同學們一起來觀看。

自從架設了這個網站，我每天都很忙碌，卻很充實。隨著越來越高的點閱率，我們的成就感也一天天增高，越做越起勁。一天中午，我們在電腦教室討論的時候，我將前些日子在桌子底下草編的蟲蟲拿了出來。

「我有禮物要送你們。」我將螽斯送給彭亞葳，我還繫了一張紙條在螽斯的觸鬚上，上面寫著：「謙謙君子的話語總是能撫慰人心。」我將蟋蟀送給了宋其諒，紙條上寫著：「蟋蟀鬥，我們不鬥。」我將蜻蜓送給了陳曉青，紙條上寫著：「用風的色彩畫畫。」他們看了後，都不約而同的笑了。

日子像歡樂的彩繪列車，一個車廂連著一個車廂，飛快的往前駛去，有一天，卻意外的踩了一個緊急煞車。就在應該是春暖花開的三月底，強烈大陸冷氣團竟然來襲。氣象局表示，因為極端氣候，這波冷氣團挾帶充足的水氣，高山上會有下雪的機會。果然，這個週末不但寒風刺骨，還下起了一場大雨。我窩在家裡吹著暖氣，心裡卻擔憂小綠一家人，不知道羽毛尚未豐滿的寶寶們，能否度過這種惡劣的氣候。

翌日清晨，我冒著冷風到學校去，當我一走近老榕樹時，看見滿地的殘枝敗葉，想是被呼嘯的風所吹落，心底升起一股不祥的預感。我抬頭一看，小綠緊縮著翅膀，不安的站在原本的樹枝上低鳴著，而鞋巢竟然不見了！我慌忙的四處張望，最後在司令台後方另一棵榕樹下，發現了我左腳那隻歷經風霜、破爛不堪的鞋巢。

我看到羽毛稀疏的大寶，身上流了一些血，一動也不動的躺在裡面。我輕輕的碰了碰他的身體，發現他已經沒有體溫和氣息了，渾身冰冷而僵硬。我推測是冰冷的狂風颳落了鞋巢，而這之中，不知道又發生了什麼意外，讓鞋巢一路翻滾到這兒來。

看著死去的大寶，我不禁一陣鼻酸，嗚咽了起來。小綠好像認出了我的聲音，從樹梢上飛下來，朝我這裡前進，當他用鳥嘴輕輕的啄了大寶幾下後，發出了一陣哀鳴。他在鞋巢旁盤旋幾圈後，緩緩的飛離。我想，小綠一定比我更加傷心。

當我拭去眼淚，將大寶抱出鞋巢的時候，我才猛然想起：「小寶呢？」就在此時，我看到從球鞋的裡端，伸出了另一隻小小的翅膀。我拿起球鞋往裡面一看，小寶正躲在鞋頭裡，發出很輕很輕的呢喃聲。

「小寶還活著！」我喜出望外的叫著，當我抬起頭想呼喚小綠時，小綠已經飛遠，不見蹤影了。

我將小寶抱出鞋巢外，先將他安放在一處草叢裡。我又找了校園的一處泥地，撿起地上的樹枝，挖了一個洞，將大寶和我那隻左腳的球鞋一起埋葬在土裡。我脫下了外套，小心翼翼的將小寶輕輕的包覆著，快步的走回家去。

當媽媽從我口裡得知大寶死去的消息，嘆息了一聲，她看了一下我兜在懷裡的小寶，想了一下，從鞋櫃裡拿出我另一隻右腳的球鞋，跟我說：「不急不急，不如這樣，就讓小寶住在你的另一隻鞋裡，我們一起來照顧他。」媽媽又拿來一條柔軟的舊絲巾，折折疊疊後，鋪在我的鞋子裡。我們將小寶輕輕放進新的「鞋巢」，媽媽走進廚房切了一些蘋果丁，要我拿來餵食小寶，看到小寶啄食的模樣，媽媽心疼的說：「他應該是餓壞了。」

接下來的幾天，校園裡顯得異常肅穆冷清，我們四人天天期盼小綠再度出現，但他終究沒有飛回來，他的離去，好像也帶走了我們某些活力。從小，我總是以「快樂」為生活的至高原則，但我現在不得不承認這樣一個事實：我可以追求快樂，卻無法避免悲傷。

看著枝椏上空蕩蕩的老榕樹，我發現，快樂與悲傷竟長在同一棵樹上。

媽媽看我一副患得患失的樣子，她告訴我她最近在研究心理學，一位著名的心理學家曾說：「『快樂』這個字若不能與悲苦取得平衡，就會失去意義。」她希望我能昂首闊步，走過這些快樂與悲傷。

我不能期待每天都是晴天，我得學會在風中唱歌，在雨裡跳舞。

或許大寶並沒有真的離去，或許真像奶奶所說的，生命精靈不會死去，祂會以另一種形式繼續活著。

在桌燈的照拂下，我對著窩在鞋巢裡的小寶說道：「有一種很強的蝴蝶，叫做紫斑蝶。他們從北方，越過高山峻嶺飛往溫暖的南方，行程長達二、三百公里，他們的毅力，可是昆蟲奧運賽的長跑第一名。小寶，你可要效法紫斑蝶的精神，堅持活下去哦……」

假日的時候，媽媽從花市買回了十幾個長型的花盆，她說打算在頂樓種一些迷迭香之類的香草植物，她又對我說：「花兒一旦開了，蟲兒就來了，等

小寶羽毛長齊了，還可以在這裡自由自在的飛翔呢！」有了媽媽的支持，我再次提筆為小寶寫下日記。

現在的我，雖然穿上了新球鞋，但奶奶那雙草鞋我依然保存得好好的。偶爾我也會穿著草鞋去散步，感覺輕鬆又自在。我也很想穿著這雙草鞋回去看奶奶，跟著奶奶一起慢慢走過那些尚未走過的路。

還有，我一直記得那隻「飛鞋」，它跟著大寶埋在我心中最深的地方，而我的夢想，正要起飛……。

九歌少兒書房 259

飛鞋

著者	李明珊
繪者	劉彤渲
責任編輯	鍾欣純
創辦人	蔡文甫
發行人	蔡澤玉
出版發行	九歌出版社有限公司 臺北市 105 八德路 3 段 12 巷 57 弄 40 號 電話／25776564　傳真／25789205 郵政劃撥／0112295-1
九歌文學網	www.chiuko.com.tw
印刷	晨捷印製股份有限公司
法律顧問	龍躍天律師 · 蕭雄淋律師 · 董安丹律師
初版	2017 年 8 月
初版 3 印	2022 年11月
定價	**260 元**

書號　0170254

ISBN　978-986-450-139-7

（缺頁、破損或裝訂錯誤，請寄回本公司更換）

國家圖書館出版品預行編目 (CIP) 資料

飛鞋 / 李明珊著 ; 劉彤渲圖 . -- 初版 .
-- 臺北市 : 九歌 , 2017.08
面 ;　公分 . -- (九歌少兒書房 ; 259)
ISBN 978-986-450-139-7(平裝)

859.6　　　　10601130